# 熊田十兵衛の仇討ち

人情編

池波正太郎



双葉文庫

# 目次

# 熊田十兵衛の仇討ち　人情編

# 熊五郎の顔

# 一

怪盗雲霧《くもきり》仁左衛門の乾分《こぶん》の中でも四天王とかよばれた山猫三次が、潜伏中の越後で捕らえられたのは、享保《きょうほう》十六年（西暦一七三一年）晩秋のことであった。

三次と一緒にいた同じ四天王のひとりで州走《すばしり》の熊五郎という曲者《くせもの》は、捕手《とりて》の包囲を斬り破って逃げた。

このときすでに額《ひたい》をうち割られ、捕手に押えつけられていた山猫三次へ、熊五郎は逃げながら声をかけていったという。

「山猫の。おめえの躰は、きっと、この熊五郎が奪《うば》いかえしてみせるぜ」

こういうわけで、越後から江戸へ送られる山猫三次には二十人もの護衛がつき、警戒は厳重をきわめた。

それというのも、一昨年の春に一味の木鼠《きねずみ》吉五郎を東海道筋で捕え、これを江戸へ護送する途中で、まんまと奪いかえされたことがあったからだ。

そのとき、六人の仲間をひきいて木鼠《きねずみ》を奪いとった男こそ、ほかならぬ州走の熊五郎だったのである。

きびしく縄をかけた山猫三次を唐丸籠《とうまるかご》に押しこめ、護送の一行は、早くも雪がおりた越後の山々の下を、ただならぬ緊張をふくんで江戸へ進んだ。

一行に先がけて騎馬の役人が、三国《みくに》街道から中仙道《なかせんどう》の宿場宿場へこの知らせをもたらしつつ、江戸へ飛んだ。

江戸からは〔火付盗賊改方《ひつけとうぞくあらためかた》〕（一種の特別警察）向井兵庫の命によって、与力《よりき》の山田藤兵衛が、組下の同心・手先など十五人の部下をひきい、護送の一行を途中まで出迎えるべく江戸を出発した。

二

「……そういうわけでな。向井様のおいいつけで、おれが出張《でば》って来たというわけなのだ。山猫三次というやつは、雲霧一味のうちでも意気地のないやつらしい。越後でお縄になったとき、親分の雲霧はじめ仲間の者の人相なども、いくらか白状をしたということだ。これで江戸へ連れて行き、思いきり責めつければ、きっと一味の所在をも吐きだすに違いない」

江戸から十六里余りの道を、武州熊谷《くまがや》と深谷《ふかや》の間にある新堀《にいぼり》の宿までやって来た山田藤兵衛が、お延《のぶ》の茶店へ立ちよって、そういった。

「まあ、さようでございますか」

お延の、浅黒い顔の肌に血がのぼった。

「山田さま。そうなれば、州走の熊五郎も……」

背も低いし、かぼそくも見えるお延の躰が昂奮にふるえている。

「安心しろ。きっと、お前の亭主の仇はとってやる。それも近いうちだと思っておれ」

「は、はい」

茶屋の外に控えている同心・手先たちにも、茶をくばりながら、お延は、ふっと、その人数の中に、死んだ夫の政蔵がまじっているような気がした。

かつては政蔵も、山田藤兵衛の下について目明《めあか》しをつとめていたのである。

雲霧仁左衛門は、江戸市中ばかりか関東一帯を荒しまわってきた大泥棒であった。

江戸には町奉行という警察組織があるのだが、江戸以外の土地でも自由に働ける機動性をもった〔火付盗賊改方〕が主体となり、雲霧一味の捕縛に血まなこになってきたこの六年間なのである。

四年前の夏、政蔵は州走熊五郎の潜伏場所を突きとめ、七人の捕手と深川・亀《かめ》久《ひさ》町の船宿へ踏みこんだ。

だが、けだもののように暴れ狂う熊五郎の脇差《どす》に腹を刺され、政蔵は死んだ。

しかも、捕手が迫る気配を知った熊五郎は、すばやく用意の頭巾《ずきん》をかぶって顔をかくすという心憎いしかたで、見事に包囲網を斬り抜け、逃走した。

「おのれ、おのれ‼」

ひと足違いで駆けつけて来た山田藤兵衛は、足を踏みならして口惜《くや》しがったものだ。

「その熊五郎を、こんども取り逃してしまった」

と、山田藤兵衛は舌うちをして、

「しかも州走のやつめ、山猫三次をこの道中で奪いかえすつもりらしいのだ」

「まあ、それは……」

藤兵衛からすべてをきき、お延の濃い眉《まゆ》が怒りにつりあがった。

「そ、そんなことをさせてなるものか‼」

と、お延は思わず叫んだ。

「案ずるな、お延。そのために、われらが出張って来たのだ。これから急げば、おそらく明日中に、高崎と沼田のあたりで、江戸送りの一行と出会えよう。そうなれば、いかな州走でも手は出せまいよ」

山田藤兵衛は茶代のほかに、紙包みの金をおいて立ちあがった。

「あ、そのような……」

「よいわ。坊主《ぼうず》に菓子でも買《こ》うてやれい」

「いつも、お心におかけ下さいまして……」

「当り前のことだ。政蔵の働きは尋常なものではなかったのだからな。今でもおれは……いや、おればかりか向井様も、お前たち母子のことは心におかけなされておられるぞ」

「もったいない。ありがとうございます」

「坊主は元気か？」

「はい。おかげさまで……」

「それはよかった。たしか、今年で七つになったはずだなあ。政蔵も、お前がしっかりしているので、草葉の蔭から安どしておることだろう」

お延は、このとき目を伏せた。なぜ目を伏せたか、それは山田藤兵衛の知るところではない。

「では、いずれまた、な」

「おかまいもいたしませんで……」

「いや、いや……」

外へ行きかけ、山田藤兵衛はちょっと考えてからお延のそばへもどって来た。

「万が一……万が一のことだが……」

「はい……?」

「このあたりへ州走めが立ちまわることがあるやもしれぬ、山猫を奪いかえそうとしてな」

「あ……」

「お前も、もとは御役《おやく》の者の女房だった女だ。しかも、いまは宿はずれの茶店の女あるじ。道行くものに注意しておってくれい」

「は、はい……」

「ここに、山猫三次が洩らした言葉によって書きまとめた州走の人相書がある。念のために渡しておくから、よく読んでおいてくれい。宿場の町役人にも渡してあるが……」

「はい」

部下を従え、深谷の方向へ速足で走る山田藤兵衛を見送ったお延は、そそくさと店の中へ駈けもどり、亡夫を殺した憎いやつの人相書を読んだ。

読むうちに、お延の顔色がみるみる変ってきた。

州走熊五郎の人相書には、こうしるしてある。

無宿州走熊五郎
一、丈《たけ》五尺三寸ほど。
一、歳三十歳ほどに見ゆ。
一、小肥りにて色白く歯並び尋常にて眼の中細く。

一、尚《なお》左耳朶《みみたぶ》に一カ所、左胸乳首の上に一カ所、小豆大《あずきだい》のほくろ罷在《まかりあり》候。

その一つ一つが、みんな覚えのあるものであった。

ことに、最後の一条がお延に強烈な衝撃をあたえた。

（あのひとの左の耳たぶにも、たしかにほくろが……）

自分をだいた男の腕が、亡夫の政蔵を刺した同じ腕だとしたら……。

（ああ、どうしよう……）

蒼白となって、お延が店の土間によろよろと立ったとき、

「おっ母あ、腹がすいたよう」

五町ほど先の新堀の宿で友達と遊んでいたらしい息子の由松が、表からとびこんで来た。

街道にも、その向うにひろがる枯れた田畑の上にも、冷《ひ》ややかな夕焼けの色が落ちかかっていた。

# 三

その男が、お延の茶店へあらわれたのは五日前のことだ。

その日は明け方から強い雨がふり出し、終日やむことがなかった。

道中の人も絶えたようであった。昼すぎになるまでに、急ぎの旅人を送った帰りの駕籠《かご》かきが二組ほど店へ入って来、酒とうどんで躰をあたためて行っただけである。

子供の由松も、前日から一里ほどはなれた市ノ坪で百姓をしているお延の実家へ遊びに行き、二日ほど泊って来ることになっていた。

実家には兄夫婦と子供が四人いる。

(お客も、もう来やしない。店をしめてしまおうかしら……?)

暗い雨空に時刻もよくわからなかったが、そろそろ夕方にもなるだろうと思い、お延が店の戸をしめようとしたときであった。

深谷の方向から来たらしい旅人が、よろよろと店先へ入って来たのである。

「す、すみませんが、ちょっと……ちょっと休ませてもらえませんかね」

「さあさあ、どうぞこちらへ……」

男は、もどかしそうに背中の荷物を放り出し、笠と雨合羽《あまがっぱ》をぬぎ捨てると、そのまま、苦しげに小肥りの躰を土間の縁台の上に折って、低くうめいた。

「どうかなさいましたか?」

「すみませんが、白湯《さゆ》をひとつ……」

「はい、はい」

湯を持って行くと、男は、それでも人なつこそうな微笑をうかべて頭を下げたが、すぐにふところから丸薬を取り出した。

「どこか、工合でも……?」

「へえ。こんなことは、めったにないのですが……今朝から腹が、ひどく痛みましてね……」

男は旅の陽に灼《や》けてはいたが、小ざっぱりとした風体《ふうてい》で、口のきき方にも誠実そうな人柄がうかがわれた。

薬をのみ、縁台で横たわっているうちに、男の蒼い顔はべっとりと脂汗《あぶらあせ》に濡れ、うめきと喘《あえ》ぎが只ならない様子になってきた。

「これじゃあしようがありませんねえ。ま、奥へお上りなさい。私、お医者を……」

「そ、そんな、御迷惑をおかけしては……」

「と、いって、このままじゃあ却《かえ》って迷惑しますもの」

お延の気質としては捨ててはおけなかった。

旅の男を奥の部屋に寝かせ、戸締りをしてから、お延は新堀の宿へ走って、医者を呼んで来た。

「まあ、大したことにはならぬと思うが、今日は動かせないよ。ここへ泊めてやったらどうだな? というても、女ひとりの住居だから、それも、どうかな……」

「いえ、そうなれば、私は市ノ坪の実家へ泊りに行きますから」

「あ、そうだったな。では、わしは、これで」

医者が帰った後も、男は苦しそうであった。

雨はつよくなるばかりである。

市ノ坪へ行くつもりでいたお延も、日が暮れてはくるし、雨もひどいしで、も

う面倒になり、

（こんな病人といたところで、別に……）

この近辺でも、かたいのが評判でとおっている寡婦のお延であった。

夜になった。

お延も腰を落ちつけることにきめ、男の看病をしてやることにした。

発熱に喘《あえ》ぎながら、とぎれとぎれに男が語るところによると……。

男は信太郎《のぶたろう》という名で、旅商人だという。もともと上方《かみがた》育ちで、古着を商《あき》なっているのだが、京・大坂からの新品も扱い、これを北国《ほっこく》や信濃《しなの》にある得意の客にとどけることもする。旅商人としては上等の部類に入るといってよい。

「諸方の御城下の武家方にも、出入りをさせて頂いております」

と、信太郎は語った。

「まあ、そうですか。でも……」

とお延はくすくすくす笑った。

「どうかなすったので？」

「いえね。あなたと私の名が同じなものですから、ちょいと可笑《おか》しくなって

「……」

「へえ、さようで……」

「私、お延っていいます」

「お延さん……さようで……」

まもなく、男は、ぐっすりと眠った。

お延が、男の左の耳朶《みみたぶ》のほくろに気づいたのはこのときであった。（まあ、あんなに大きなほくろが……）

翌朝になると、信太郎は元気を取りもどした。

（もともと躰はしっかりしておりましたのでね）

そうはいっても、まだ熱もいくらかあるし、食欲もない様子なので、お延は、もう一日、信太郎を泊めてやることにした。

雨はあがり、空は鏡のように青く、あたたかい陽射しが街道にみちていた。

（今夜は、市ノ坪へ泊ろう。そして明日は由松と一緒に帰って来よう。信太郎さんも明日になれば発《た》てようから……）

本当にそのつもりだったのである。

奥に寝ている信太郎を古ぼけた枕屏風で囲い、店先との境の障子をしめきっておいて、その日も一日中、お延は、旅人や駕籠かきや、馬子などの客を相手に、茶を、うどんを、酒を、だんごを売って、いそがしく働いた。

日が暮れかかった。

お延は戸じまりをし、粥《かゆ》をたいて信太郎の枕元へ運んだ。

「どうです。食べられそうですか」

「へえ。いただきます」

「そう。じゃあ、ここへおいときますからね」

「おかみさんは、これから実家へお泊りに？」

「ええ……まあねえ……」

「申しわけありません。とんだ御厄介《ごやっかい》を……」

「いいんですよ、そんな……さ、起きてごらんなさい」

だきおこしてやったとき、信太郎が、急に、うるんだ声で、ほとばしるようにいった。

「おかみさん‼　私はいま、死んだおふくろのことを考えていましたよ」

「まあ、おっ母さんは亡くなったんですか?」

「顔も知りません」

「まあ……」

汗くさい信太郎の体臭を、頬にあたる呼吸を、お延はこのとき強く意識した。

四年も、堅く立て通してきた後家暮しであった。

「じゃあ、これで……ゆっくりとおやすみなさい」

離れようとしたお延の手を、信太郎がつかんだ。

「な、なにを……」

「おかみさん! 好きだ‼」

病みあがりとは思えない強い力であった。

お延はだき倒され、男の唇が、首すじから喉のあたりへ押しつけられるたびに、躰中がしびれたようになった。

「いけない。いけませんよ、そんな……」

「好きなんだ、おかみさん。好きなんだ‼」

「だって、そんな……」

いやな男だったらはね退《の》けるだけの気力は十分にもっていたお延だが、相手が明日にも旅立って行く男だという考えが、一瞬の間にお延をおぼれさせた。

(だ、誰にもわかりゃあしないんだもの……私だって永い間ひとりきりで……私だってつらかったんだもの)

急に、お延の四肢が火のついたようになった。

お延は喘《あえ》ぎながら、信太郎の首へもろ腕を巻きつけていった。

その翌朝……。

「おかみさん。私と一緒になってくれませんか」

まじめになって信太郎がいうのだ。

「ばかをいっちゃあいけません。信太郎さん、昨夜《ゆうべ》のことは、お互いに忘れましょう。ね、その方が……」

「いえ、私は、ふざけた気持だったのじゃありません‼」

むしろ切りつけてくるような口調に、お延は気をのまれた。

「子供さんとお延さんと一緒に暮したい。この二日間、お前さんを見ていて、私は決心したのです。それとも、いやですか、私を……」

「いやなら、私だって、昨夜みたいな……」

「私も、二度ばかり、女といっしょに暮したことがあります。でも、そいつらは、みんな、私のもっている小金が目当てだったんで……」

信太郎という男は、二十八にもなるというのに、女にすれていないらしい。小肥りな躰つきも肉がかたくしまっていて、お延に亡夫の政蔵を、まざまざと思い起させたものである。

「おかみさんは、この茶店をやり、私は旅で稼ぐ。金がたまったら、この近くで小さな旅籠《はたご》でもやってみたい。おかみさんというひとは、私に、そんな気を起させてくれましたよ」

「でもねえ、信さん……」

「とにかく、これを預けておきます。私は、これから約束の品を桶川《おけがわ》のお得意へ届けて来ます。よく考えておいて下さい。頼みます、頼みますよ。私にとっては、ここで自分の躰が落ちつくかどうか瀬戸際なんですからね……」

お延がとめるのも聞かずに、信太郎は革の胴巻《どうまき》を預け、少しよろめく足を懸命に踏みしめ、街道へ出て行ってしまった。

胴巻は、かなり重かった。

ためらったが、思いきってあけてみると、六十両余りもあった。

（旅商人には、めずらしい堅い人だこと）

昼前に、由松がひとりでもどって来た。

夜更けになって、戸をたたくものがあるので、

「どなたで？」

と訊くと、

「私です。信太郎です」

戸を開けてやると、ころげこむように信太郎が入って来た。病みあがりの躰で往復十余里の道を帰って来たのである。

その疲労でぐったりしながらも、信太郎は、返事を明日まで待てない気持だったので、といった。

信太郎は、由松にも菓子や玩具を買ってきた。

一夜のうちに、由松は信太郎に馴《な》ついた。

それを見て、お延の心もきまった。

亡夫の政蔵が、こんなことをお延にいったことがある。

「おれぁな。御役目《おやくめ》がら、いつどこで、どんな目にあうかもしれたものじゃあねえ。もしものことがあったら、お前、遠慮はいらねえ。いい男を見つけて一緒になってくれよ」

「なにをいってるんですよ、縁起でもない」

「本気だ。そうしてくれねえじゃあ、思いきって、おれも働けねえ」

その亡夫の言葉に甘えるような気持で、

（かんべんしておくんなさいよ）

お延は、胸の中で手を合せた。

それが一昨日のことであった。

昨日の朝、信太郎は、

「明後日《あさって》は帰ります。なに、利根川の向うの館林やら佐野やらのお得意をまわる約束があるのでね」

大きな荷物には、新品古物とりまぜて、ぎっしり反物がつまっていた。

「行っていらっしゃい」

「こんど帰ったら、お延さんの実家へもあいさつに行きます」

「そうしておくれですか」

「当り前じゃあありませんか」

由松も信太郎の袖をつかみ、

「小父《おじ》ちゃん。おみやげ、忘れちゃいやだ」

「忘れないともな、由坊。待っていなよ」

旅馴れた速足で街道を遠ざかる信太郎を見送った幸福も、今や地獄の苦しみと変った。

——左耳朶に一カ所、左胸乳首の上に一カ所、小豆大のほくろ罷在候。

何度読みかえしても、州走熊五郎の人相書の文字は変ってはくれなかった。

小肥りで年のころは三十歳ほど、などという漠然とした形容よりも、ほくろの所在がなによりものをいった。

左の耳と胸にほくろがあるということが小肥りだということや、年齢の相似を、はっきりと真実のものにした。

お延は、すでに、男の胸のほくろを見ていた。

夜明けの薄あかりの中で、由松の寝息を気にしながら、互いの裸身をだきあったとき、お延は、男の乳首を吸って、

「お延さん、こそばゆいじゃないか」

男が笑ったとき、

「あら。ここにもほくろが……」

「変なところにあるものだね」

こんどは、男がお延の乳房に顔をうめ、

「お延さんは着やせをする躰なんだねえ」

といったものだ。

(もう、間違いはない‼)

必ず帰るはずのその夜、ついに男は帰って来なかった。しかも、こんどに限って、男は例の胴巻を預けては行かなかった。

(なんてことだ。私は、お前さんを殺した奴の手に、この躰を……)

政蔵の位牌《いはい》の前で、お延は身をもんで口惜しがった。

さっきまで「小父さん、まだ帰らないね」をいいつづけていた由松も眠ってい

る。

夜が明けて、新堀の宿《しゅく》の方から、問屋場の馬のいななきが近寄って来た。

四

お延は由松とともに朝の食膳に向ったが、一箸もつける気になれなかった。

「おっ母あ。気分《きいき》がわるいの」

由松も不安そうに、お延の顔をのぞきこんだ。

「うん少し、おつむが痛くてねえ……」

それを由松への口実にして、お延は、店の戸を開けず、ふとんへもぐりこんでしまった。

ふとんへもぐりこむことよりも、まず彼女がなさねばならぬことがあるはずなのに……。

(今から考えれば、あんまり、うまく出来すぎていた……別にきれいでもなく、三十に近い、しかも子供まである私なんかに、あんな大金をもった男が夫婦になろうといいだすことさえ、おかしいはずなのに……)

山猫三次護送の一行の隙をうかがいつつ州走《すばしり》の熊五郎は、体《てい》よくお延の茶店〔ささや〕へ入りこみ、呉服商と称して外の仲間とでも連絡をとっていたに違いない。

（だ、騙《だま》されたんだ。いえ、あいつ、行きがけの駄賃に、私を騙しゃあがったんだ）

口惜しいから、すぐにでも宿役人に届け、州走が立ちまわったことを告げればいいものを、昼近くなっても、まだ、お延はふとんへもぐっている。

「おっ母あ。おいら、市ノ坪へ遊びに行ってくらあ」

しばらくは枕元にいた由松も、つまらなくなったらしく、昼すぎに裏口から出て行ってしまった。

「由松。今夜も泊っといでな」

「うん。でも大丈夫かい」

「いいよ。心配しなくても……」

由松が出て行ったあと、お延は、ふとんをすっぽり頭からかぶり、両手に自分の乳房をぎゅっとつかんだ。

こんもりと女のあぶらを浮かせてふくらむ乳房も、乳首も、はっきりと、まだあの男の肌の感触と体臭をおぼえている。

あの男の愛撫は強烈であった。

どちらかといえば淡泊な亡夫の政蔵は、女よりも酒の方で、そのために腕のいい料理人という仕事をなまけ、博打《ばくち》と酒に身を持ちくずし、三年も島送りになっていたこともある。

「ああ……う、う」

お延は、うめいた。あの男が自分の躰にくわえた激しい感覚を思うと、耐えきれなくなってくるのだ。

憎くもあり、あの男の躰がしたわしくもある。

それに、もしも自分の訴えによって州走が捕まるようなことがあれば、夫殺しの下手人は、お延とのことまでも白状しかねない。

第一、宿《しゅく》の医者にも顔を見られている。

(ええ。どうにでもなってしまえ……)

床の中でのたうちまわりながら、お延は、すすり泣いた。

雨の音が屋根をたたいてきた。

「お延さん……お延さん、いるかね？」

表の戸をたたく音がする。

「もしもし、お延さん」

声が裏口へまわってきた。

しかたがない。立って行き戸をあけると、深谷宿の旅籠の主人で町年寄も兼ねている〔和泉屋《いずみや》治右衛門〕方の番頭で多七《たしち》という老人であった。下男が一人、後についている。

「どうしたのだ、店を休んで体でも悪いのかえ？」

「へえ、少し……」

「そうか。いや、その方がいい。実はな、女子供ふたりきりのこの茶店ゆえ、今日から明日まで店をしめておいた方がよかろうと、うちの旦那がおっしゃってな」

「……？」

和泉屋治右衛門は、かねてから、お延母子のことを気にかけていてくれる。それというのも、お延の亡くなった母親が、永く和泉屋に奉公をしていたためもあるし、お延の下の弟が現在、和泉屋で働いているのだ。

「実はな、おそくも今日の夕方には、例の山猫三次の唐丸籠がついて、深谷宿へ泊ることになった」

「え‼」

「なにしろ江戸からも火付盗賊改方から人数が出て、今朝早く高崎の少し先で一緒になり引きかえして来るというから、万々《ばんばん》間違いもあるまいが、雲霧一味の奴らが、山猫とやらを奪いかえそうというたくらみがあるそうな」

「……」

「ともかく深谷から江戸までは十八里二十五丁、あと二日たてば、一味のものがいかにあせっても手は出せなくなる。となれば、今夜の深谷泊りと明日の大宮泊りとが肝心なところだ」

お延は、うつむいたままであった。

「なにせ、お延さん。一味のうちの州走熊五郎とかいう大物の人相書が宿にもまわってきたほどでのう」

「……」

「こりゃ、邪魔をした。熱でもあるのかえ?」

「え……」

「ま、大事にしなされ。戸じまりをかたくしてな」

「お心におかけて下さいまして、ありがとう存じます。和泉屋の旦那さまにも、どうぞ、よろしゅう……」

「うむ、うむ」

裏の戸をしめかけて、多七老人がいった。

「たとえ山猫三次だけでも捕まったのだ。お前さんの死んだ御亭主も、よろこんでいなさるだろう」

「はい……」

多七は去った。

そうだ。政蔵もきっとよろこんでいるに違いないと、お延も思う。

刑をおえて江戸へもどったとき、わざわざ与力の山田藤兵衛が、お延につきそい、霊岸島河岸《れいがんじまがし》へ出迎えに行ってくれた。

流人島《るにんとう》の三宅島《みやけじま》からの船が着き、政蔵が思ったよりも元気な姿を陸《おか》の上にあらわしたとき、お延は、三年前の政蔵とは、まるで違った男の顔を見たような気がした。

島帰りの前科者と出迎えの人びとが混雑する中で、政蔵は三つになった由松をだきあげ、

「おれが三年前にここを出るとき、こいつは、まだお前の腹の中にいたのだっけ」

と、しんみりいった。

酒と博打に狂っていたころの政蔵のおもかげは、そのひきしまった表情のどこを探しても見出せなかった。

「政蔵。お前も人間が変ったようだな」

山田与力がいうと、政蔵は、

「悪い夢を見たものでございます」

と丁重に頭を下げたものだ。

「政蔵。お前、これからなにをして生きて行くつもりだ?」

「へえ……まだ当てはございませぬが……」

「包丁《ほうちょう》をもってみるか?」

「それよりほかに能《のう》もねえので……」

「それよりも、政蔵。お上《かみ》の御用に立つ気はないか?」

「お上の……?」

火付盗賊改方の警察活動は、後年になって衰えたが、このころは、かなりの活躍を示していた。

面倒な手続きや法規に縛られずに動ける特権があったので、名ある泥棒たちの検挙は、ほとんど〔火付盗賊改方〕でおこなったといってよい。

江戸の暗黒街に顔がきく政蔵を御役《おやく》のものにすれば、その成果は大きいはずだ。

「御頭《おかしら》の向井兵庫様も、たってのおのぞみなのだ。政蔵、どうだな、思いきってお上の御用をつとめてはもらえないか」

「へえ。よろしゅうございます」

政蔵は、きっぱりと答えた。

それだけに、目明《めあか》しとなってからの政蔵の活躍は目ざましかった。今までに捕えた雲霧四天王のうち、因果小僧《いんがこぞう》六之助を捕えたのも政蔵だし、そのほか十二名にも及ぶ大泥棒の捕縛にも重要な働きをした。向井兵庫も、

「政蔵は大事にしてやれ」

と気にかけ、安い給料のほかに、自分の手からの金を支給してくれたものだ。そのおかげで、お延も由松も不自由なく暮すことができたし、

「こうなったら、おれも死ぬ気でやってみる」

と、政蔵も気負いこんだ。

こういう政蔵が殺されただけに、向井兵庫も山田藤兵衛も、いや火付盗賊改方の組のもの全部が、政蔵の死を哀《かな》しんだ。

少女のころから蔵前の札差《ふださし》へ奉公に出ていたお延が、十五年ぶりに実家へもどり、一里と離れぬ中仙道《なかせんどう》の街道筋にささやかな茶店をひらくことができたのも、向井兵庫や山田藤兵衛の尽力と、援助があったからである。

そのことを考えれば……。

(黙ってこのままにしておくわけにはいかない!!)

さすがにお延も身支度にかかりかけたが、しかし、なにも知らなかったとはいえ、取りかえしのつかぬ恥をさらしてしまったお延なのである。

（江戸のお白州で責めつけられれば、州走のやつ、きっと私のことを……）

雲霧一味のうちでも、州走熊五郎のみは、盗みに入った家で必ず強姦をおこなったという奴であった。

「あいつだけは、なんとしても許せねえ」

政蔵も、いつかお延に洩らしたことがある。

（それなのに、私という女は……）

発作的に、お延は台所へ走った。

出刃包丁をつかみとり、いきなりそれを、自分の乳下へ突きたてようとした。

「おっ母あ」

がらっと表の戸があいた。

お延の手から包丁が落ち、流しの前の板敷きの上へ突き立った。

それに全く気づかず、由松は、さっさと部屋へとびこみ、

「冷《つ》めてえ雨がふってきたんでよう、とちゅうから帰ってきた」

と叫んだ。

「由坊……」

お延は、涙で顔をぐしゃぐしゃにぬらしていた。

「母あちゃん、お前がいたことを忘れるところだった……」

「どうしたんだ、おっ母あ。涙なんか出してよ」

「ちょっと、用事があるから、深谷まで行って来る。ちゃんと戸じまりをして待っといで。誰が来てもあけるんじゃあない。いいかい」

「うん……」

「小父ちゃんが来てもだよ」

「小父ちゃんでも……」

「そうだとも。いいね？」

母親の顔色の只ならぬさまは、子供の由松にもつうじたらしい。

「うん」

不安と緊張とに顔を硬張《こわば》らせながらも、由松は、こっくりとうなずいた。

お延は傘もささずに、雨のけむる街道へとび出して行った。

## 五

その夜更けに、州走熊五郎は単身で深谷宿へ潜入した。

戸数六百に及ぶ宿場町は、きびしい警戒網がしかれ、ことに唐丸籠がかつぎこまれた和泉屋の周囲は護送の一行に加え、宿場町の人足、役人がびっしりとかため、蟻《あり》一匹も這いこめぬと思われた。

小やみにはなったが、霧のような雨がけむる深夜の宿場町の辻々には篝火《かがりび》と焚火《たきび》が燃え、巡回の役人の声がそこここで聞えた。

山猫を押しこめた唐丸籠は、和泉屋の中庭に面した〔唐丸部屋〕とよばれる五坪ほどの土間の中央におかれ、この土蔵ふうの建物のまわりを警固の役人がかため、唐丸籠のまわりにも五名の〔寝ずの番〕がつめた。

ところがである。

州走熊五郎が、この唐丸籠の真上に潜《ひそ》んでいた。

つまり、唐丸部屋の天井にかけわたした太い梁《はり》の陰へ、前日の夕暮れから、守宮《やもり》のように吸いついていたのだ。

熊五郎は大胆不敵にも、旅絵師に変装し、前々日に和泉屋へ草鞋《わらじ》をぬいだ。

こめかみから顎へかけて、ぼってりとつけたつけ髭《ひげ》が人相を巧みに変え、耳のほくろも隠してしまっていた。

翌日は、和泉屋の泊り客も雨の中をみんな出発した。

これは山田藤兵衛の指図によるものであったが、熊五郎は何食わぬ顔をして出発し、すぐにもどって、和泉屋の物置きにかくれ、夕暮れと同時に唐丸部屋の天井へのぼったものらしい。

それは、八ッ半（午前三時）ごろだったという。

いきなり、ばたんと天井から黒いものが土間へ落ちてきたかと思うまもなく、

「ぎゃあっ！」

唐丸籠のまわりにいた手先の一人が、血しぶきをあげてのけぞった。

「誰だっ」

「曲者‼」

「熊五郎かっ」

黒い人影は、魔物のように駈けまわって入口の戸へ心張棒《しんばりぼう》をかけ、土間の柱の

掛行燈《かけあんどん》を切りはらい、とびかかる四人をつぎつぎに斬り倒し、蹴倒した。

叫び声をきいてかけつけた人びとが、唐丸部屋の戸をたたき破っているうちに、

「野郎め、くたばれ‼」

熊五郎の脇差は、またたくまに五人の血を吸った。

「山猫の。助けに来たぞ」

ばらりと、籠を包んでいた網を切りとばし、籠の戸をたたきこわして、中の山猫の手をつかみ、

「さ、斬り破って逃げるんだ‼」

用意の脇差を山猫三次の手につかませた。

「おう」

と答えて脇差をとった山猫三次が土間へ躍り出て、こういった。

「州走の熊五郎。待っていたぞ」

「なに⁉」

だ、だぁんと戸がたたき破られ、中庭にひしめく捕手の龕燈《がんどう》の光が、さっと土

間へ流れこんだ。

「あっ‼　手前は……」

さすがの州走も仰天《ぎょうてん》した。

山猫だとばかり思って籠から引き出したのは、山田藤兵衛だったのである。

「畜生‼　計《はか》りゃあがったな」

「神妙にしろ‼」

「くそ‼　こうなりゃあ……」

やぶれかぶれの州走の斬りこみも、こうなっては駄目だ。

一刀流の名手《めいしゅ》といわれた山田藤兵衛は、このとき五十一歳であったが、

「えい‼」

州走熊五郎の脇差は、たちまちにたたき落され、藤兵衛の刀の柄頭《つかがしら》で、額《ひたい》を打ち割られてしまった。

山猫三次は、そのころ、別の土蔵の中で、この騒ぎを聞きながら、

「兄貴ったら、馬鹿をしやがって……畜生メ、畜生メ……」

と、縛られた躰をもみ、泣きわめいていた。

# 六

翌早朝に山猫三次と州走熊五郎を押しこめた二つの唐丸籠は、たちこめた深い霧の中をぬって、中仙道を江戸へ向った。

霧の中を沿道の人びとが群れ集り、街道を進む二つの唐丸籠を見物した。

深谷の宿場から、国済寺《こくさい》、新堀をとおって、お延の茶店までは約一里半である。

霧も、いくらかうすれかかっていた。

茶店の前で、お延は、一行が近づくのを待っていた。

お延の両眼はすわっていた。唇のあたりがびくびくと痙攣《けいれん》していた。

彼女の顔は、あたりを包む霧のような鉛色に沈んでいたが、

（あいつの顔を、よっく見てやるんだ‼　私を、こんな目にあわしたあいつの顔を……）

だが〔あいつ〕が、自分の躰を、どんなふうにあつかい、どんなに深いよろこびをあたえたことか、それを思うと、またも、たまらなくなってくる。

(畜生。女のからだというものは、なんて、業《ごう》のふかいものなんだろう……)

霧の幕をやぶって、護送の一行が近づいて来た。

宿はずれのこのあたりでは、見物の人もあまり出てはいなかった。

街道の向う側に二本ずつ並んで植えられた榎の並木のあたりに、二人、三人と早朝に熊谷を発って来たらしい旅人が立って、一行の近づくのを見守っているのみであった。

馬のいななきが、すぐそこまで来た。

先頭は、越後の役人が騎馬で二人。つづいて手先たちが山猫の唐丸籠を囲んで近づいた。お延の目は、ぴたりと、つぎの唐丸籠へすわった。

〔無宿州走熊五郎〕と記した木札がかかった唐丸籠の中に、あの男は傲然《ごうぜん》とあぐらをかき、両腕を首から胴へ縛りつけられ、にやにやと冷笑を浮かべつつ、正面を向いたまま、お延の目の前へやって来た。

二、三歩……お延は憑《つ》かれたように進み出た。

その気配に、籠を囲んだ手先たちがふりむいた。

この手先たちは、山田藤兵衛について来たものらしく、お延だと見て、にっこりと笑いかえして来た。

（おかみさん、御亭主のかたきをとりましたぜ）

とでもいいたげな、好意のこもった微笑であった。

中の州走も、ちょいとこっちを見た。まぎれもない〔あいつ〕であった。

（あ……）

するどいお延の視線をどう感じ、どう受けとったものか……。

州走の熊五郎はなんの感情も面にはあらわさず、すぐにまた正面を向き、護送の一行とともに遠ざかって行った。

お延の目に左耳のほくろがはっきりと見えた。

（あいつ、あいつの、まあ、なんという白ばっくれた顔……）

お延は、ぎりぎりと歯を嚙んだ。

一行の最後に、山田藤兵衛が騎乗《きじょう》でやって来た。

「お延か」

「あ……」

「ようやった。よう知らせてくれたぞ‼」

山田藤兵衛は、馬上から大声にいった。

「向井様もどんなにおよろこびなさることか。おれもうれしい」

「は……」

「追って御ほうびも出よう。いずれ、またな……」

このとき「出るんじゃない」と、家中へとじこめておいた由松が、「おっ母あ‼」ととび出して来た。

馬上にゆられ遠ざかりつつ、藤兵衛がふりむき、由松へ声を投げた。

「坊主。おふくろをほめてやれい」

ほめてやれもなにもない、熊五郎に自分とのことを白状されたら、向井様にも山田様にも、どんな侮蔑《ぶべつ》の目と声を浴びせられることか。

（でも、私とのことを白状すれば、罪がなお重くなるから、白状しはすまい）

と思うそばから、

（いいえ、どっちみち獄門はまぬがれないあいつのことだもの。面白半分に、私のことまで、あの、にやにやとした笑いをうかべながら、得意げにしゃべりたてるに違いない。男なんてそんなものだ）

見つめた自分の視線を受けても、冷然と面を変えなかった熊五郎を見て、お延は、自分の肉体に捺《お》された〔あいつ〕の記憶だけには、もうみれんをおぼえなくなっていた。

けれども、後悔はいっそうにお延の胸を噛《か》んだ。

お延は由松の手をひき、一枚だけ開けた戸口から、店へ入ろうとした。

そのときである。

「お延さん、お延さん‼」

ふりむくと、護送の一行が、まだ見えている熊谷の方向から、ほとんど霧がはれあがった街道を、一散に駈けて来る男がある。

「あっ‼」

お延は悶絶《もんぜつ》せんばかりにおどろいた。

旅商人の信太郎は息をはずませて駈け寄り、

「すまなかった、遅くなって……どうしても、用事が片づかなかったものでねえ……おや？　お前さん、どうしなすった？」

「小父ちゃん！」

と駈け寄った由松をだき、信太郎は、異常なお延の様子に気づいて眉をひそめた。

お延は、くたくたと戸口の前へ崩れ折れた。

家の中へ信太郎にだき入れられたとき、お延は、かすれた声でいった。

「今の、唐丸籠を見ましたかえ?」

「見た、見た。評判の大泥棒なのだってねえ。昨日、鴻巣《こうのす》の宿場でも大変な噂だったよ」

「それで、信さんは、後の方の籠の中の、州走熊五郎という泥棒の顔を見ましたかえ」

「すれ違うとき、遠くからちょいと見たが、よくは見えなかった。私にとっちゃ、別になんとも気をひかれることがないものね」

「そう、でしたかえ……」

お延は、由松に

「ちょいと表へ行っといで」

と出してやってから、

「ねえ、信さん」

「なんだね？」

「お前さん、江州醒ヶ井《ごうしゅうさめがい》のうまれだとおいいだったけれど……」

「そうだという話だ。なにしろ私は、うまれてすぐに人にもらわれ、八つのときには大坂へ売られて行ったのでね」

「まあ……」

「父親も母親も知らない私だが、なんでも、ひどい貧乏な百姓だったそうだよ」

「信さんには、あの、兄弟が？」

「後で、聞いたんだが、六人も子供があるその上に、双子《ふたご》までこしらえては、食うに食えなくなったのだろう。今じゃ私も両親をうらんではいないよ」

「信さん‼」

お延は叫んだ。

「お前さんは、あの、双子だったの？」

「大坂の酒問屋へ売られて行ったとき、そこの主人が話してくれた。それまでは、私は、もらいっ子だなどと思ってもみなかったよ」

「そう……」

「うまれた家も、もらわれた家も、みんな貧乏暮し……子供がないからともらったくせに、その子供を売りとばすほどなんだものなあ」

「苦労したんですねえ……」

「だから私は、自分の実家のことも養い親のことも、別に気にかけちゃあいませんよ。けれどもねえ」

と、信太郎は微笑し、

「私と双子の兄貴には、ちょっと会ってみたいと思うねえ。どこに、どうしているんだか……」

お延が、どっと泣きだした。

「どうした？　お前さん、どうしたのだ？」

「いいえ、いいんです、いいんです」

「だって、お前……」

「うれしくって泣いているんだから、いいんです」

朝の陽が、戸口から店の土間へ射《さ》しこんできた。

街道を、深谷の方向から馬子唄が近づいて来る。

お延は、しゃっきりと立ち上り、信太郎にいった。

「さあ、今日は店を開けますよ」

あばた又十郎

一

疱瘡（ほうそう）――すなわち、天然痘《てんねんとう》のことだが、この病気が我国に渡来したのは、およそ千二、三百年ほど前のことだという。

昔は、この病気の流行に世界の人々は手をやいたものだ。

余病を出さぬかぎり、命にかかわるほどの危険さはともなわぬが、あとが困る。

顔や手足に〔おでき〕が出来て、病気が癒《なお》ったあとも、みにくい痕跡《こんせき》を残す。

顔に、この痕《あと》が残ると、いわゆる〔あばた面《づら》〕となる。

この病気も、西暦一七九六年、かのジェンナーの発見した種痘《しゅとう》法の発見によって、ほとんど流行を見なくなったが……しかし、日本においても、ちょんまげ時代には〔あばた〕の顔をした人が、かなり多かったものだ。

女性にとってはむろんのこと、男性にも、みにくい〔あばた面〕が好まれるわけがない。

けれども、例外というものは、いかなる場合にもあるもので、

「しめた‼」

疱瘡《ほうそう》にかかり〔あばた面〕になったことを、大いによろこんだ男がいた。

堀小平次《ほりこへいじ》が、これである。

小平次が、疱瘡《ほうそう》にかかったのは二年前の、三十九歳のときであった。

病状によっては〔あばた〕のあとも、ごくうすくて済む場合があるのだが、小平次のは、まことにひどく、

「あの浪人さんも、気の毒になあ」

病気中に厄介《やっかい》をかけた上州《じょうしゅう》・熊ヶ宿《くまじゅく》の旅籠《はたご》〔むさし屋〕の主人・文藤《ふみとう》夫婦にもいたく同情をされたものだ。

「どうも、みにくい顔になってしもうて……」

小平次も、表面では、さもがっかりしたように見せてはいたが、内心では、

（しめた‼）

手をうって、よろこばざるを得ない。

（まるで、おれの顔は、変ってしまったわい。これなら、誰が見ても、わからん）

と言うことは、誰かに見つけられては困る理由が、堀小平次にあったからである。

小平次は、敵《かたき》もちなのだ。

敵を討つ方ではなく、討たれる方なのである。

堀小平次が、津山勘七《つやまかんしち》を斬り殺し、上田城下《うえだじょうか》を逃亡したのは、十八年前の享和《きょうわ》元年夏であった。

津山勘七は、小平次と同じ松平伊賀守《まつだいらいがのかみ》の家来《けらい》で、役目も同じ〔勘定方《かんじょうがた》〕に属《ぞく》していた。

ただし、勘七の方が禄高《ろくだか》も多かったし年齢も一まわり上で、言えば小平次の上役であった。

上田城の北面、鎌原《かんばら》町に、堀小平次も津山勘七も住んでいた。

ときに小平次は二十三歳である。

姉の三津《みつ》は〔鎌原小町〕といわれたほどの美人だから、小平次の方も、まんざらではなかった。

父が病死すると、すぐに小平次は三十石二人扶持《ぶち》の家をつぎ、〔勘定方〕へつとめるようになったが、

「若いに似ず、なかなかに、よう出来た男じゃ、堀のせがれは……」

藩中《はんちゅう》の評判もよかった。

まじめな性格だし、父親ゆずりに筆もたつ。そろばんもうまいものである。

堀家は、祖父の代から〔勘定方〕役目をつとめていたので、城下の町人たちとも知り合いが多く、そういうわけでもあるまいが、

「ぜひに……」

城下の豪商・伊勢屋長四郎《いせやちょうしろう》が、せがれの嫁にほしいと、小平次の姉をのぞんできた。

家老の口ぞえもあって、姉の三津が伊勢屋へ嫁入りをした。その年の夏に、小平次の身に異変が起った。

その事件を、はじめから、くだくだとのべてみても仕方があるまい。

手っとり早く言えば……。

二十三歳の堀小平次が、津山勘七の妻よねと、姦通《かんつう》をしたということになる。

よねは、三十三歳であった。

いつの世にも、こうした事件は起るものだ。

両家は、細い道をへだてて向い合っており、小平次は、少年のころから津山家へ出入りもし、むしろ勘七には、よく可愛がってもらったおぼえがある。

魔がさしたのであろうか。

信州・上田の、さわやかな夏の夜ふけに、よねと何度目かの逢引《あいびき》をするため、小平次は津山家へ忍んで行った。

勘七は、当直で城内へ詰めていて、留守であった。

「小平次どの……」

「よねどの……」

下女も小者もいる。

二人は、よねの寝所で、声をひそめつつ、互いの躰《からだ》をまさぐり合った。

そこへ、突然、津山勘七があらわれたのだ。

どうも、小者が感づいて、事前に二人のことを密告したものらしい。

「おのれ‼」

勘七は激怒した。

「小せがれめが、いつの間に——」

こうした場合には、武士たるもの、慎重《しんちょう》な態度がのぞましいわけなのだが、短気の勘七は、いきなり刀を抜いた。

「あ、ああっ……」

小平次は、もう夢中である。

ただもう、斬られたくはない死にたくないの一念で、勘七の躰へ飛びついていった。

「ぎゃあー……」

すさまじい悲鳴があがり、勘七が板戸を倒したように転倒した。

気がつくと、小平次は勘七の小刀を手につかんでいた。

もみ合ううちに、相手の刀を抜き、それで勘七を刺したものらしい。

よねの叫びと、隣室に寝ていた津山の一人息子の鉄之助《てつのすけ》の泣声とに気づく余裕《よゆう》もなく、堀小平次はもう夢中で我家へ逃げた。

一刻の躊躇《ちゆうちよ》もならなかった。

津山勘七を殺したことを、母の勢喜《せき》に知らせる間もなく、小平次はあるだけの金をつかんで家を飛び出したのである。

それから、十八年たった。

十八年前に五歳だった津山のせがれの鉄之助は、いま二十三歳になっている。ちょうど、小平次が彼の父・勘七を殺害したときと同じ年齢にまで成長しているのだ。

鉄之助は十七歳のときに、殿様のゆるしを得て、父の敵・小平次を討つため、上田城下を出発している。

小平次と通じ合った母のよねは、父の死後、藩奉行所《ぶぎようしよ》の取調べ中に自殺してしまっていた。

「おのれ、小平次め‼」

津山鉄之助の恨《うら》みは、すさまじいものだという。七歳のころから真蔭流《しんかげりゆう》をまなんで腕前も相当なものだし、

（もしも出合ったら、とても、おれが勝てよう筈はない）

小平次は、青くなった。

こうした情報は、すべて上田の〔伊勢屋〕方から、小平次の耳へ入ることになっていた。

母は、あの後、親類預けになり、悲しみのあまり翌年の秋に亡くなっている。

だが、姉の三津は、今や伊勢屋の女房であるし、この方には何の〔御構い〕もなかった。

伊勢屋は、松平五万三千石にとって、大切にしなくてはならぬ金持でもある。

「つかまってはいけない。どこまでも逃げのびておくれ」

弟思いの三津は、十八年間にわたって、弟小平次が路用の金に事欠かぬよう、はからってくれている。

一年に一度だけ、小平次は、江戸の日本橋青物町にある呉服屋〔槌屋幸助《つちやこうすけ》〕方へあらわれ、姉からの金をうけとっていた。

槌屋は、伊勢屋の親類なのである。

「お気をつけなされませ。あなたさまをつけねらう津山鉄之助というお方はな、この江戸市中の剣術の道場でも、かなり評判の腕前らしゅうございますよ」

今年の春に金をうけとりに行ったときも、槌屋幸助が眉をひそめて小平次に言った。

「ふむ……」

いささか気味が悪くなったが、

「だが、幸助殿。この、おれの顔を見てくれ。昔のおれを知っている松平家の者が、いまのおれを見たとしても、おそらくは、わかるまいよ」

「なるほどなあ……」

「おれが、はじめて、このあばた面を、おぬしに見せたときも、おぬしはわからなかった。たった一年前に見たばかりのおれの顔を、このみにくいあばたの中から見つけることが出来なかったではないか」

首を討たれるという恐怖は今も去らないが、その恐怖の度合いが、だいぶ、うすれてきている小平次であった。

当時、五歳の幼児にすぎなかった鉄之助は、あばた面になる前の小平次を見ても、それとは気づくまい。

だから鉄之助は、小平次の顔をよく知っている叔父の笹山伝五郎《ささやまでんごろう》と共に、小平次を探しまわっているという。

（伝五郎とても、気がつくまい）

小平次には、自信があった。

いっぱいに赤黒い瘢痕《はんこん》がひろがっている自分の顔は、自分が見ても自分ではないような気がする。

（大丈夫だ。何としても、おれは逃げのびて見せるぞ）

旅から旅へ逃げまわる人生は、まことに苦しいものだが、あばたになってからの小平次には、かなりの安心も生まれてきて、

（死なん。おれは決して鉄之助に討たれてはやらぬぞ）

旅はつらいが、酒もあり、女もある。

まして、伊勢屋からの援助で一年の暮しには困らないのである。

今年——文政二年で、堀小平次は四十一歳になっていた。

〔あばた面〕になってからは、小平次も、いろいろな変装をやめ、浪人姿にもどった。

やはり、大小を差している方が心強いからであったし、見つからぬという自信

もあったからだ。

名前は、むろん変えていた。

小平次は越後浪人、熊川又十郎という強そうな名前を名乗っている。

（そうだ、熊川又十郎も、おれと同じ、あばた面であったなあ……）

小平次は、ときどき名前を借りた浪人者のことをなつかしく思い浮べることがあった。

熊川又十郎という浪人に出合ったとき、堀小平次は、まだ疱瘡《ほうそう》を患《わずら》ってはいなかったのである。

又十郎と知り合ったのは、四年前のことだ。

二

四年前の、その朝……。

堀小平次は、中仙道《なかせんどう》・今須《います》の宿場の〔大黒屋〕という旅籠《はたご》に泊っていた。

今須の宿は、有名な関ヶ原《せきはら》の古戦場から西へ一里のところで、山と山にはさまれた小さな宿場である。

旅籠も〔大黒屋〕が一つきりしかない。

前夜は、少し酒を飲みすぎ、油断をしては……

（油断《ゆだん》をしてはならんぞ、油断をしては……）

そのころは〔あばた面〕でも何でもない小平次であったから、自分をつけねらう津山鉄之助の刃を一日たりとも忘れたことはない。

はっと、眼がさめた。

旅籠の表口で、がやがやと人のさわぐ声がしたからだ。

（何だ？）

追われる身にとっては、日常のすべてに少しの油断もならない。

津山鉄之助が、自分の所在を知って旅籠へ飛び込んで来たかも知れないのだ。

そうでないと、誰が言い切れよう。

番頭や女中の声もまじり、騒ぎの声は大きくなるばかりだ。

小平次は、大刀をつかみ、油断なく身構えた。

（違うらしいな……）

どうも、自分には関係のない騒ぎらしい。

（ともかく起きよう。寝すごしたわい）

廊下へ出た。

小さな旅籠だから、小平次の泊った離れの部屋から、秋草がしげっている中庭を通して、向うに、旅籠の表口から入った土間の一部がのぞまれる。

（何だ‼　ありゃア……）

土間には、女中が三人と、主人らしい男や下男たちが、一人の浪人を取巻いて騒ぎたてているのだ。

「払うといったら払う。何も借り倒そうというのではないッ」

後姿しか見えないが、いかにも見すぼらしい浪人であった。

「おれも武士だ。払わんとはいわん！」

浪人が、しぼり出すような異様なひびきをもつ声を張りあげて叫んでいる。

（ははあ……）

小平次も、のみこめてきた。

あの浪人は、金もないのに宿へ泊り、飲み喰いをしたあげく、朝になって逃げ出そうとしたのを旅籠《はたご》のものに見つかったものらしい。

のこのこと、小平次は見物に出かけた。

陽はのぼっているのだろうが、まだ山肌にさえぎられているらしく、表の街道にも冷え冷えとした朝の大気が張りつめている。

「誰か、お役人を……」

主人らしい男が叫んだ。

「黙れ‼」

出て行こうとする下男の襟首《えりくび》をつかんだ浪人者は、

「そのようなことをすれば、斬る‼」と、わめいた。

下男の躰《からだ》は、おそろしい力で土間に叩きつけられた。

廊下の柱の陰から、小平次は、五間ほど向うに見える浪人の横顔を、はじめて見た。

(ほう。こんなやつが、昨夜、此処へ泊ったのか……ちっとも気づかなかったがな……)

年のころは、小平次と同じほどに見えた。

小平次は、息をのんだ。

浪人者は、ひどい〔あばた面〕なのである。

背の高い、やせた躰に紬《つむぎ》の着流しという姿なのだが、その紬の着物も色あせて、ぼろぼろの、ひどいものであった。

刀は脇差《わきざし》を一本、腰にさしているのみであった。

「旅籠賃《はたごちん》と酒代を合せて六十文。きっと払うが、今は無いと申しておる。必ずや、いつの日にか借りを返しに、おれはやって来る。それまで待てと言うのだ」

浪人の声が、変に、かすれたものになった。

「なれど、そのような、無理を……ともあれ、お役人に……」

主人が、必死で言いかけると、

「よし」

浪人の眼が狼《おおかみ》のように光った。

「よし。きまった」と、浪人は言った。

言うと同時に、眼にもとまらぬ速さで腰の脇差を抜き放った。

「きゃーっ――」

女中たちが頭を抱えて、帳場や廊下に突伏してしまう。

「行くなら行け。おれも、もう、この上、恥はかきたくない。こうなれば此処で死ぬ」

おどかしているのではなかった。

浪人は、みんなが目をみはっている前で、いきなり脇差をさか手に持ちかえ、刀を腹へ突きたてたのだ。

このとき、堀小平次が、浪人のうしろ二間のところで見物しに出てこなかったら、浪人の命も、それっきりになっていたかも知れない。

そこは、小平次も侍である。

浪人が刀を突きたてるのと同時に、飛びついた小平次の腕は、脇差を持った浪人の腕を押え込んでいた。

しかし、わずかに浪人の腹から血が走った。

またも女たちの悲鳴が起る。

旅籠の亭主は腰をぬかしてしまった。

「放せい」

喉《のど》がかき裂かれたかと思うような声で叫び、浪人は、小平次を振り飛ばした。

何とも、すさまじい力だ。小平次は土間へころがってしまったのだ。

「ま、待たれい」

小平次が叫んで立ち上ったとき、ふらりと、浪人の躰が土間の上でゆれ動いた。

脇差が、突っ立ったままの浪人の手から、ぽろりと土間に落ちた。

「あ……」

小平次が支《ささ》える間もなく、浪人の躰は、すとんと、うつ伏せに土間へ倒れていた。

「この男の借りは、おれが払う。早く、医者を呼べ」

夢中で、小平次は叫んだ。

その浪人者を、なぜ助けてやる気になったのか、堀小平次は自分でもわからなかった。

強いて言えば〔流浪《るろう》の貧しい浪人〕への同情であったかも知れない。

（だが、それのみではなかったのだな……）

四年後の今になってみると、小平次にも、あのときの自分の心の動きが、いくらか、わかりかけてきたような気もする。

武士として、この上、恥をかきながら無銭飲食をつづけて行かねばならぬ身の上を、いさぎよく清算してしまおうとして、あのときの浪人者の脇差が、何のためらいもなく、おのれの腹を突き破ろうとしたとき、

(いかん‼)

衝動的《しょうどうてき》に飛び出し、浪人の腕を押えた小平次の心の中には、一つの感動が火のように燃えたったのである。

一瞬のことであったが……。

(おれにも、これだけの気がまえがあったら……)

これであった。

当時は、津山鉄之助が成人して自分を探し首を討つための旅に出たということを、江戸の〔槌屋幸助〕から聞いたばかりで、

(死にたくない、討たれたくない‼)

その一心で、夜も昼も、躰が宙に浮き上っているような恐怖感に、さいなまれつづけていたのである。

（そうだ。おれにも、あの浪人の気構えがあれば、鉄之助に出合うても、むしろ、こちらから相手を返り討ちにしてやるという、それだけの意気組みも出てこようというものだがなあ……）

残念ながら、四年たった今でも、そんな強い人間にはなれぬと、小平次は、あきらめてしまっている。

あのとき浪人の死を見ることとは、自分自身の死を眼の前に見るような気がした……そういう心の動きもなかったとは言えない。

乞食のような浪人が、しかも自分と同じ年ごろの男が、山の中の小さな旅籠の土間で、たった一人、流浪の人生の始末をつけようとした凄惨《せいさん》な姿を、どうしても傍観《ぼうかん》することが出来なかったのだ。

と言うことは、堀小平次が生来は心のあたたかい、気のやさしい男だったことにもよるのだが……。

浪人は、それから旅籠の一室で手当をうけた。

腹の傷は、それほど重いものではなかったらしい。

だが、手当を終えた宿場の医者は、小平次を見て、首を振ってみせた。

「いかぬのか？」

ぐったりと眼をとじている浪人を部屋へ残し、小平次は医者を廊下へ連れ出して訊《き》いた。

「病気でござるよ」

老いた医者は、小平次にささやいた。

医者は、自分の胃のあたりに手をあてて見せ、

「ここが悪《わる》い」と、つぶやいた。

「刀を突きたてなくても、あと一月はもちますまい」

「そうか……」

その夜も、小平次は大黒屋へ泊った。

翌朝になって、浪人の病室をおとずれると、

「やー、これは……」

床の上から首をもたげて、浪人が微笑をした。弱々しい笑いであった。

顔いちめんの、みにくい〔あばた面〕なのだが、よく見ると、ととのった顔だちで、浪人暮しの垢《あか》も、あまりついていないように見うけられた。

「お世話をかけ申した」

「いや……いかがでござる」

「これまででござるよ」

「え……?」

「貴公、無駄なことをなされたものだ」

「………」

「それがしは、どちらにしても、もう永い命ではなかったのに……」

「なれど……」

「いや、お心はありがたく……死にのぞんで、それがしは今、久しぶりに、人の心のあたたかさを噛みしめておるところだ。行きずりのそれがしを助けてくれた貴公の……ありがたい。この、ありがたいという気持を抱いて死ねることは、それがしにとって、思うても見なんだ幸せというものでござる」

医者からきいていることだし、小平次も、浪人に向って何も言うことが出来なかった。

(いったい、どういう経歴《けいれき》をもつ男なのか……)

それとなく訊いてみようと思い、看病をしてやりながら話をそこへ持って行くと、浪人は、かすかに笑って、

「それがしの身の上など、お話しすべき何物もござらぬ」

そして、また、うつろな眼《まな》ざしを天井《てんじょう》に向けたまま、黙り込んでしまうのであった。

あばたの顔の色は、もう鉛《なまり》のように変り、吐く息もせわしなくなってきて、その日の夕刻には、おびただしい血を吐いた。

「こりゃ、もういかぬわ」

浪人は苦笑をして、

「急に、さしせまってまいったようだ」

「何の——案じられるな」

「貴公、お急ぎの旅ではござらぬのか?」

「いや、その……」

小平次は、あわてて首を振った。

「それがしも浪々の身で……」

「左様か……それにしても、貴公は、路用の金にお困りではない。けっこうな御身分じゃ」

「何を言われる」

「すまぬ。浪人してから口が悪うなってなあ……」

翌朝は、雨だった。

音もなく降りしきる秋の雨を、浪人は見たいと言った。

小平次と女中が障子をひらいてやると、浪人は、ややしばらく、中庭の草にふる雨を見つめていたが、

「せめてものお礼ごころ、名前だけはおきかせ願おうか」と言った。

「申しおくれた。それがしは……」と、言いかけて、小平次は口をつぐんだ。

女中もいることだし、本名を名乗るわけにはいかない。そこで、宿帳に書いた変名を名のると、浪人は、にやりとして、女中を去らせてから、

「それは、まことのお名前ではござらぬな」

「いや、それは……」

「まあよいわ。貴公にも、いろいろ御事情があると見える。人それぞれに、いろ

いろとな……だが、それがしは、もはや死ぬ身だ。ありのまま、本名を名乗ろう」

「……」

「熊川又十郎と申す」

「うけたまわった」

「いかい、お世話になり申した。ありがとうござる」

「何を言われる」

「さて——そこにある、それがしの脇差、おうけとり願いたい」

「めっそうもない」

「旅籠賃のかわりには充分になる代物《しろもの》だ。なれど、大刀は売っても、この脇差だけは売れぬ……いや、手放せぬわけが、それがしにもござってな」

「はあ……」

「もはや、こうなっては、その脇差に用もない。おうけとり下され」

「もしも、身寄りの方でもござるなら、それがしがお届けしてもよろしいが……」

「ばかな……」

又十郎は吐き捨てるように言った。

「二十年前より、この熊川又十郎は、一人ぽっちとなったのでござるよ」

「……?」

「その脇差、さしあげるが……なれど、身につけずに売ってしまった方がよろしい。何せ、縁起《えんぎ》の悪い脇差ゆえなあ……」

「……?」

「売って下され、たのむ」

「……?」

「売った金で、酒などくみ、それがしのことを思い出して下さるなら幸せでござる」

くどく訊《き》いても、わけは話さぬにきまっている。

やがて、堀小平次が昼飯をしに行き、すましてから又十郎の部屋へ戻ってみると、又十郎は、しずかに息をひきとっていた。

浪人の脇差は〔伊賀守金道〕の銘刀《めいとう》であった。

寛永年間に禁裡《きんり》御用をつとめたといわれる初代金道作のうちでも見事なものだということが、鑑定《かんてい》してもらってわかった。

そうなると、売る気にもなれず、あの浪人の形見だと思い、小平次は今も、この脇差を腰にしているのだ。

二年前に疱瘡にかかり〔あばた面〕となったとき、

（おれも、熊川又十郎と同じ顔になってしまったな）

ふしぎな因縁《いんねん》だと思った。

（そうだ。これから俺は、熊川又十郎になってしまおう。下らぬことで一生をあやまった堀小平次の一生を捨ててしまうのだ‼）

何となく明るい気持になった。

三

また、二年たった。

津山鉄之助は、二十五歳になっていた。

父の敵《かたき》・堀小平次を、まだ見つけ出すことは出来ない。

「上田の伊勢屋が、小平次めの居所《いどころ》を知っているに違いないと、それはわかっておるのだが……」

鉄之助の叔父・笹山伝五郎も手をこまぬいている。

もちろん、伊勢屋への探索《たんさく》は行なっていた。

むかし、津山家につとめていた下女の孫娘を長久保の村からひそかに呼びよせ、これを、上田城下の伊勢屋長四郎方へ奉公させてある。

現在の伊勢屋の主人は、小平次の姉・三津の夫である。

夫婦仲もよく、四人の子をもうけていた。

そういうわけだから、伊勢屋長四郎が女房の弟である堀小平次を何かと助けてやっているらしいことは、誰にも想像がつく。

「津山のせがれな、あれは敵を討てぬまま一生を終えてしまうやも知れぬぞ」

「何しろ、伊勢屋が敵の後楯《うしろだて》をしているのではなあ」

上田藩の侍たちも、こんなうわさをしているほどだ。

伊勢屋は城下屈指の米問屋であるし、上田藩とも密接な関係を有している。

家老や重臣たちとのつきあいもひろい。

このころになると、大名も武家も、商人の実力に圧《お》されがちになっており、商人との政治的なつながりがなくては、藩の経済が成りたたぬというところへきている。

伊勢屋のような富豪《ふごう》は、上田藩でも大切にあつかわなくてはならない。

だから、いきおい、津山鉄之助へ対する藩の態度は冷めたかったと言えよう。

「妻を寝とられたあげく、おのれの命までもとられたとは、津山勘七も男を下げたものじゃ」

当時、家老のひとりが苦々しげにもらしたということだ。

鉄之助の敵討をゆるしたものの、積極的な応援を、藩はしてくれない。

その上、殺された津山勘七よりも、殺した堀小平次の方に人気があって、

「堀のせがれも手を出したのは、津山の妻女の方からだということだ」

「小平次も、あのようなことで一生をあやまり、気の毒にのう」

「この上は、何とか逃げのびてもらいたい。わしは、ひそかに、そう思うとる」

短気で、ゆう通のきかなかった津山勘七ばかりか、鉄之助までも、まことに損な立場におかれている。

けれども〔敵討〕は、封建時代における一種の刑罰制度である。

上田領内で人を殺したものが、他の大名の支配する領土へ逃げ込んでしまえば、そこには別の制度があり、別の国がある。

そこで敵を討つ方も、一時は浪人となり、主家を離れた自由な立場になった上で〔敵討〕が行なわれるのだ。

〔敵討〕の物語はいくつもある。

殺した方に正当な理由があり、殺された方が悪い場合だって、むろんあるわけだ。

けれども〔敵討〕のおきてがある以上、武士たるものは、討つ方も討たれる方も、その後に来る馬鹿馬鹿しい苦労を考え、殺人をせずに何とかすませるという理性を持っていなくてはならない。

いや、その理性を求め、殺人事件を起さぬように願えばこそ〔敵討〕のおきてが決められたとも言えよう。

まったく、逃げる方も苦しいが、追う方も苦しい。

うまく短い月日のうちに敵の首をとることが出来ればよいが、二十年、三十年かかってやっと敵を見つけ首を討ったときには、自分も旅の空で人生の大半を送り、白髪の老人となってしまった、ということもある。

それでも討てるならまだよい。

一生かかって見つからぬこともある。

見つけても、反対に、こっちが斬られてしまうこともある。いわゆる〔返討〕だ。

しかし、とにかく、武士たるものは敵を討たねば、自分の領国へ戻れず、殿様の家来《けらい》として暮すことも出来ないのだ。

「必ず、おれは、小平次を見つける！」

津山鉄之助は、まだ若い。

それに、父と母を同時に失った恨《うら》みは激しい。

腕にも自信はある。まず、小平次の返討にあうことはないと言えよう。

鉄之助と、叔父の笹山伝五郎は、この八年間に、日本国中を歩きまわってきた。

叔父の伝五郎は、もう五十に近く、

「わしが死なぬうちに、小平次を見つけぬことにはな。何せ、お前は、あいつの顔をおぼえておらんのだから……」

このごろでは、心細いことを言い出すのである。

文政《ぶんせい》四年の夏となった。

津山鉄之助は、叔父と共に、一年ぶりで江戸の地を踏んだ。

大坂にしばらく住み、堀小平次を探していたのである。

二人は、浅草阿部川町・本立寺裏の長屋に居をさだめた。

日本橋青物町の呉服屋〔槌屋幸助〕が、伊勢屋の親類であることは、すでにつきとめてある。

「叔父上は、槌屋を見張っていて下され」

「むだではないかなあ。すでに、江戸へ来るたび、槌屋へ探りを入れてあるが、何もわからなかったではないか」

「いや、きっと槌屋は、小平次めとかかわりあいをもっておると、私は睨《にら》んでおります」

「そうかのう……」

二人とも、暮しは苦しい。

敵討の費用も、信州・飯山《いいやま》藩にいる親類が助けてくれているのだが、このごろでは、あまりいい顔をしなくなってきている。

「この上、敵が見つからぬとあれば、わしもお前も、どこかの大名屋敷へ仲間奉公でもしながら、小平次めを探すよりほかに道はないのう」

笹山伝五郎が、こんなことを言う。

「叔父上には、御苦労をかけて、申しわけありませぬ」

「何の——わしにとっても兄の敵じゃ」

そう言ってはみても、養子に出て笹山の家をついだ伝五郎には、妻も子もある。

八年も旅をつづけていると、もう兄の敵など、どうでもよいと思うことさえあるのだ。

「なかなかに、見つからぬものじゃな」

こぼしながらも、笹山伝五郎は、毎日、日本橋へ出かけて行った。

槌屋の店先を編笠《あみがさ》で顔を隠《かく》しつつ、何度も往来《おうらい》する。

近くの路地にある〔一ぜん飯屋〕などへ入って、それとなく槌屋方のうわさを訊き出そうとこころみる。

いずれも、駄目であった。

「同じことじゃ」

夏もすぎた。その日の夕暮れ、笹山伝五郎は槌屋の前を通りぬけ、阿部川町の長屋へ帰ろうとして、ぼんやり歩いていた。

秋の、もの哀しい夕暮れだ。

夕焼けのいろが、伝五郎にとって、ひどくさびしいものに見える。あわただしい人の往来を縫って歩いていると、向うから、身なりのよい浪人風の侍が歩いて来るのに気がついた。

(浪人でも、あんなのがいる。金をもっているのだな。名ある剣客《けんきゃく》でもあろうか……)

すぐ近くまで来て、その浪人が、みにくい〔あばた面〕であることに、伝五郎は気づいた。

(あばたでも、こんなひどいのがあるのかのう、気の毒に……)

そんなことを思いながら、笹山伝五郎は、その浪人とすれ違い、とぼとぼと夕闇の中へとけ込んで行った。

四

笹山伝五郎とすれ違った浪人は、堀小平次であった。伝五郎は編笠をぬいでいたし、小平次も何気なく歩いて来て、眼前に伝五郎を見たときは、全身の血が凍りつくかと思った。

(見られた‼)

逃げようにも逃げられぬ近間《ちかま》であった。

(いかぬ)

さっと、ななめ横に身を逸《そ》らしつつ、刀の柄《つか》に手をやりかけたが、

(おや……)

すたすたと、伝五郎は遠去かって行くではないか……。

(伝五郎め、気がつかぬ)

嬉しかった。

（よかった。おれは、あばた面になって、まことによかった）

笹山伝五郎は、まだ老いぼれて眼がかすんだというわけではない。

眼と眼を合せても、わからなかったのだ。

（もう大丈夫だ。これで、おれが両刀を捨てて町人姿になったら、もはや……）

もう絶対に見つけ出されないという自信を、堀小平次はもつことが出来た。

事実、近いうちに、小平次は武士をやめることになっていたのだ。上田の姉が、槌屋幸助を通じて、こんなことを言ってきたのである。

「お前さまも、もう顔つきが、まったく変ってしもうたということではあるし、いっそ、思いきって、両刀をお捨てなされ、何か小商いでもはじめたらいかがなものか？　その決心がついたなら、商売をするための金は、こちらから出してもあげましょう」

これには、槌屋幸助も大賛成であった。

「旅から旅へ逃げまわるよりも、いっそ江戸へ腰を落ちつけなすった方が、かえって安全かも知れませぬ。いや、それにもう、あなたさまの顔を見つけ出すなどということは……大丈夫、この幸助がうけあいましょう」

永年、腰にさしつづけてきた両刀を捨てて、前だれ姿になり、客にぺこぺこ頭を下げて暮すなどということは、考えても見なかった堀小平次なのだが、そう言われて、

（よし、思いきって、そうするか）

決意をかためたのには、わけがある。

小平次に、恋人が出来たのだ。

もちろん、旅の空で行きずりのままに抱く女たちとは違う。

そのころ、堀小平次の江戸における住居は、日本橋新和泉《いずみ》町にあった。

ここに、豊島屋平七《としまやへいしち》という薬種店がある。

小石川にある豊島屋が本店で、そこから別れた、つまり支店のようなものだが〔家伝・痔《じ》の妙薬——黄金香〕という薬が評判をとり、なかなかよく売れる。

この豊島屋平七の家の離れに、堀小平次は暮していた。

すべて槌屋幸助の世話によるものであった。

豊島屋で暮すようになってから、小平次の痔病が、すっかり癒《なお》ってしまったので、

「幸助どの、よいところを見つけてくれた。おかげで、ほとんど尻の痛みもとれたし、出血もとまった」

小平次は、槌屋へ来て、こんなことを言い出した。

「永年、旅をつづけていると、どうも躰《からだ》にこたえる。おれも今年で四十三になってしもうたよ。いいかげんに、このあたりで落ちつきたいものだ」

「そうなさいまし。もう、その、こう言っちゃア失礼でございますがね、あなたさまのお顔を見て、気づくものはありゃアしませぬ」

「それでだ」

「はあ？」

「妻をもらおうと思う」

「へえ……なるほど、それは知らなかった。心当りの人でもございますかね」

「ある‼」

「どなたで‼」

「豊島屋の女房の妹だ」

「あ——あの、出戻りの……」

「子供が出来ぬというので三年も連れそったのに離別されたという、あのお新《しん》さんだ」

「へえ、へえ」

「とんでもない」

「何がで？」

「いや――子が出来ぬ女ではない。あれは、その向うの、前の亭主の方が悪いのだ」

「よく、そんなことがおわかりになりますね、旦那に……」

「いまな、お新は、ちゃんと子をはらんでおる」

「へ……？」

「おれの子だよ」

こう言って、堀小平次は柄にもなく顔を赤くした。

あばた面だから赤くなると、かえって顔の色が、どす黒く見える。

「こりゃ、どうも……おどろきましたね」

「去年、久しぶりで江戸に戻り、おぬしの世話で、豊島屋の離れに住むようになったとき、おぬしも知っての通り、おれは、この痔《じ》の痛みで居ても立ってもいられなかったものだ」

「なればこそ、ちょうど幸い、痔の妙薬の黄金香を売っている豊島屋が、私の古い友達ゆえ、あなたさまを……」

「うむ。それでだ。さすがに、豊島屋の薬はようきいた。その薬を、おれの尻に塗ってくれ、まめまめしく、おれを看病してくれたのが、お新さんだ」

「ほほう……」

「出戻りと言うても豊島屋の女房の妹だ。何も、そう働かぬでもよいのだが、まことによく出来た女じゃ。もう毎日毎日、女中と共に、朝早くから夜おそくまで、働きぬいておってな……」

働きもののお新のような女が、遊び好きの前の亭主には面白くなかったのかも知れない。

お新が、下谷の婚家先を追い出されたには、いろいろわけもあろうが、それにしても、堀小平次とお新が、病気の看病にことよせ、互いに情熱をかたむけ合うようになったのは、もう半年も前のことである。

「さようでしたか」

槌屋幸助は、一度見たことがあるむっちりと肉《しし》づきもゆたかな女盛りのお新の躰を思い浮べつつ、

（堀の旦那も、案外に手の早い……）と思った。

〔あばた面〕でも、もともと堀小平次は美男の方へ入るだけの顔だちをもっているのだし、心情もやさしいところがある。

永年、旅へ出て苦労もしているから、侍くさい固苦しいところがなく、気さくであった。

お新も、さびしい日を送っていたところだし、彼女の二十四歳の肉体に、小平次が火をつけるのに手間はかからなかったようだ。

美人というのではないが、唇のぽってりとした、肌の白いお新なのである。

「おれは、大小を捨てるよ」

小平次は、お新の肌の香に何もかもうめつくし、女にささやいたものだ。

「大小を……？」

「捨てて、町人になる。槌屋でも、そうすすめてくれておるのだ」

「まあ……」

「いかぬか……？」

「でも……そんな、もったいない……」

「何の、お前のためなら、どんなことでもするぞ」

中年になってからの恋だけに、小平次も熱の入れ方が違う。

若者の恋とは違う情熱なのだ。

女と共に落着いた家庭をもち、平和にこれからの余生を送りたいという熱望があるだけに、女の心も動かされ、それまでは、まさか小平次と夫婦になれようと思っていなかったお新は、

「嬉しい、あたし……」

もう夢中になってきている。

豊島屋夫婦も二人のことを知っているらしいのだが、何も言わない。

出戻りのお新を、あわれに思っているらしい。

こうしたさなかに、堀小平次は、槌屋の近くで笹山伝五郎とすれ違ったのである。

（危ない、危ない……）

胸をなでおろすと同時に、

（大丈夫。見つからなんだわい）

自信が強くわき上ってきた。

年があけて、文政五年の正月から、小平次とお新は、深川八幡近くへ、小間物屋の店をひらくことにきまった。

しかし、こうなっても、さすがに小平次は自分の身の上を打ちあけてはいない。

「越後浪人の熊川又十郎」だと、豊島屋にも、お新にも名のっていたのだ。

五

木枯《こがら》しが鳴っていた。

「それにしても、くれぐれも油断なきように……」

と姉は言ってきている。

感慨《かんがい》ふかいものがある。

何と言っても四十年もつづけてきた武士を捨てて小間物屋の主人になるというのだ。

物理学者が左官《さかん》職人になるほどの転向と言えよう。

お新と二人で暮す家も見つかった。

明日から小平次は町人姿となり、お新と共に本所の小間物屋へ通い、商売の仕方を習うことになっている。

豊島屋夫婦も大よろこびであった。

「又十郎さまのおかげで、妹が、このように幸せになろうとは……」

豊島屋の女房はそう言って、感涙《かんるい》にむせんだものだ。

(もうすぐに、正月だなあ……)

その日——文政四年十二月十日の昼下りであった。

堀小平次は、槌屋幸助の店へ行き、上田から送ってきた金五十両を受けとり、新和泉町の豊島屋へ帰るところである。

「お前さまが、その気になってくれて、姉は何よりも嬉しく思います……」

金にそえて、姉の手記もとどけられていた。

朝から、ひどく寒い日であったが、堀小平次の胸のうちは、あくまでも明るくふくらんでいる。

（いよいよ、明日からは、大小も捨て、髪《かみ》をゆい直し、縞《しま》の着物に前かけをしめるのか……）

（そうだ。おれの首をねらう津山鉄之助がおるかぎり、気をひきしめていなくては……）

思うそばから、何、もう大丈夫という気持になってくる。

（いかぬ、気をゆるしては……第一、おれは三カ月ほど前に、江戸で鉄之助の叔父に行き合したではないか、鉄之助はいま、江戸におるのだ）

そのことは、槌屋幸助にだけは話しておいた。

幸助は、ややしばらく沈思していたが、

「これは……何でございまする。私がしゃべらぬかぎり、もう大丈夫と見てよろしいのではありませぬか」

と、言ってくれた。

旧知の笹山伝五郎が見ても、わからぬ小平次の〔あばた面〕なのだ。

「かえって、江戸にいた方がよろしゅうございましょう。向うの方でも、いつまでも江戸を探しまわってもいられますまい」

「そうだな」

あとは槌屋方の店のものや下女たちの口からもれることだけを用心すればよい。

もちろん、年に一度か二度、槌屋をおとずれる浪人が、敵持の堀小平次だとは店のものも知らぬし、幸助の女房でさえ知らないのだ。

「あの方は、私が伝馬町《てんまちょう》へ奉公をしていたとき、出入り先のお旗本《はたもと》の次男坊でいられたお方でな。いまは、わけあって家を出ておられるのだが……」

幸助は女房にもそう言ってあった。

「お新さんと世帯をおもちになったら、もう二度と、私方へはお見えにならぬ方がようございますよ」

と、槌屋は念をおした。

「わかっておる」

「私の方で、そちらへ、ときどきうかがいましょう」

「めんどうをかけたな、いろいろと……」

江戸橋をわたり、堀小平次は、堀江町と小網町の境にある道を通り、親父橋《おやじばし》をわたった。

橋をわたり切ったところに、稲荷の社《やしろ》がある。

橋の上に立つと、道をへだてて六軒町の長屋が見え、さらに眼を転ずると、鎧《よろい》の渡しのあたりで渡し舟が波の荒い川を、のろのろわたっているのも見えた。

人通りも、風がつよいので少なかった。

堀小平次は、橋をわたり、にこにこしながらなにげなく稲荷の社の前に行き、銭を賽銭《さいせん》箱に入れ、ぽんぽんと手をうちならし、頭を下げた。

心が爽快《そうかい》なので、ふっと、こんなまねをしてみたかったのであろうか。

「もし……」

このとき、小平次の背後に声があがった。

「……!?」

振り向くと、ぼてふりの魚屋らしい若い男が近づいて来た。

魚屋の顔は、まっ青《さお》になっていた。

(何だ⁉　こいつ……)

小平次は、いぶかしげに、一歩近づき、

「何だ⁉」

「あの——熊川又十郎様で！」

「さよう。いかにも熊川又十郎だが……」

思わず小平次がうなずくと、

「へえッ——」

魚屋が、横っ飛びに逃げた。

(や……！)

はっとした。

その堀小平次の横合いから、

「山本吉弥《やまもときちや》だ‼」

ぱっと躍り出したものがある。

「何‼」

「父の敵《かたき》、熊川又十郎。覚悟しろ」

父の敵とよばれて愕然《がくぜん》とした小平次は、あわてて飛び退りつつ、

「な、何を言うかッ」

見ると、相手は若い浪人風の男であった。見おぼえは、全くない。

山本吉弥などという名にも、おぼえはない。

「覚悟‼」

若い浪人は両眼をつりあげ、蒼白となった顔をひきつらせ、

「おのれ、又十郎。亡父より奪《うば》いとった金道の脇差を、よくもぬけぬけと腰にしておったな‼」

と叫んだ。

人々の声が、ざわざわときこえた。

魚屋にたのみ、わざと声をかけさせたのも、この若い浪人に違いない。

六軒町の長屋の入口にある番屋から、番人が走り出て行った。役人にこのことを告げに行ったらしい。

「えい‼」

若い浪人の斬込みは、激しかった。

「あ……！」

小平次は、親父橋の上へ逃げ戻ったとき、

（そうだったのか。あの浪人は、あの熊川又十郎は、おれと同じ敵持だったのか……）

一瞬、電光のように感じたが、すでに遅《おそ》かった。

「えい、やあ……」

躍り込んで来た若い武士の狂気じみた顔が、ぐーっと眼の前にせまってきて、

「あっ」

小平次も夢中で太刀を抜き合せたが、

「うわあ……」

顔と頭を、鉄棒か何かで力いっぱい撲《なぐ》りつけられたような衝撃で、眼の前が暗くなった。

「ち、違う……おれは違う。おれは、又十郎ではない……おれは、堀小平次と申すものだ……」

懸命に叫んだつもりだが、もう無駄であった。

たたみかけて振りおろす若い武士の刃は、ようしゃなく、橋板に倒れ伏した堀小平次を斬りに斬った。

越後《えちご》・村上五万石の領主・内藤豊前守《ないとうぶぜんのかみ》の家来、山本吉弥が、親父橋橋上において父の敵・熊川又十郎の首を討ち、首尾よく本懐をとげたという事件は、たちまちに江戸市中へ、ひろまって行った。

山本吉弥も、敵の顔を知らなかったのだ。

吉弥が三歳のときに、父親は熊川又十郎に斬殺《ざんさつ》されたもので、敵を討つまでに、二十年の歳月を経ているといううわさであった。

六年前に、堀小平次が、中仙道・今須の宿で、本物の熊川又十郎と泊りあわせなかったら、このようなまちがいもおこらなかったかも知れない。

小平次は、お新と共に、うまく津山鉄之助の追跡《ついせき》から逃れ切って、幸福な一生を終えたかも知れない。

「うちのお新がねえ、ほら、うちでお世話をしている御浪人の、熊川又十郎様と晴れて夫婦《めおと》になることになりましてねえ」

豊島屋の女房が、嬉しさのあまり、近くの髪ゆいへ行ったとき、何気なく語ったのが運の尽きであった。

山本吉弥は、この髪ゆいの裏手の長屋に住んでいたのだ。

だが無理もない。豊島屋の女房は、堀小平次の身の上も知らず、あくまでも熊川又十郎という越後の浪人だとしか思ってはいなかったのであるから……。

山本吉弥は、よろこび勇んで、小平次の遺髪をふところに入れ、故郷へ帰って行った。

江戸の町奉行所でも、敵討の現場を取調べた結果、間違いなしということになったのである。

豊島屋夫婦も、お新も仰天《ぎようてん》した。

「又十郎さまが、敵持だとは……」

お新は、泣きくずれ、ついに失神した。

槌屋幸助だけは、つくづく嘆息して、

「こういうことも、あるものなのだなあ……」

上田の伊勢屋の御内儀《ごないぎ》を何となぐさめてよいのやら……と、幸助は困惑し切っていた。

この敵討のうわさは、浅草阿部川町の裏長屋にもきこえてきた。

「うらやましいのう」

笹山伝五郎は、ためいきをもらし、

「それに引きかえ、我々は、まだ敵の堀小平次を見つけ出せぬとは……」

「叔父上。もう言うて下さるな」

津山鉄之助は、伝五郎の声をさえぎった。

まだ二十五歳だとは言え、鉄之助の顔には、敵を追いつづけて八年も旅の空に暮しつづけてきた疲労と悲哀がただよっている。

鉄之助は、あふれ出そうになる涙を、やっとこらえて、

「叔父上。明日から、また旅へ出ましょう。今度は奥州《おうしゆう》をまわってみたいと存じます」

と言った。

# 喧嘩あんま

一

「むさくるしい按摩《あんま》だな。おい、こら。きさま、手を洗ってきたか!!」

豊《とよ》ノ市《いち》は、部屋の障子をあけたとたんに、怒鳴《どな》り声をあびた。

中年の男の濁声《だみごえ》であった。

目が見えなくても、豊ノ市には、その声の主が侍だということはすぐにわかった。

だから、じっと癇癪《かんしゃく》をおさえ、

「へえ、へえ、洗《あろ》うてまいりましてござりまする」

平《へい》つくばるようにして、おそるおそる部屋に入った。

おそるおそるというのは、なにも客の侍を恐れているわけではない。

豊ノ市は、自分自身の人なみはずれた短気の爆発を恐れていたのであろう。

「どうも、きさまのようなむさい奴に躰をさわられるとたまらん」

「おそれいりまする」

「もっと、ましな奴を、なぜ呼ばぬのか。女あんまでも呼べばいいのに、宿の者も気がきかぬ」

客は一人きりらしい。

豊ノ市は、唇をかみしめ、六尺に近い巨体をちぢめて、顔をうつむけたまま、身じろぎもしなかった。

何度も、こういうおもいをしている豊ノ市なのだが、そのたびに、煮えくりかえるような激怒とたたかわねばならない。

相手が侍でなければ、一も二もなく、

「そんなに、おれにもまれたくないなら、やめにしろ」

怒鳴り返し、さっさと部屋から出てしまうところだ。

だが、二年ほど前、侍の客へ口答えして「無礼者!!」という一喝《かつ》とともに、豊ノ市は廊下へつまみ出され、階段から蹴落されたことがある。

そのときに、豊ノ市は腰と足をひどく打ち、腰のほうも寒くなると痛むが、右足の骨がどうにかなり、今では跛《びっこ》をひくようになってしまっている。

「これに懲《こ》りて、もうもう決して、お客さんと喧嘩をしてはいけないよ。もし、お前さんがそうなってごらん、私も、お美代《みよ》も生きてはいけないからね」

女房のお伝《でん》が、そのときには真剣になって、豊ノ市へせまった。

「約束をしておくれ、もうきっと喧嘩はしないという約束を、不動様《ふどうさま》にしておくれ」

不動明王《ふどうみようおう》は、亥年《いどし》うまれの豊ノ市の守り本尊であって、小さな家の仏壇のそばにお札《ふだ》が祀《まつ》ってあるのだ。

その前で、豊ノ市は誓いをたてさせられた。

（まったくだ。侍などに楯《たて》をついては、首をちょん斬られるということもあるかららなあ、そんなことになったら、女房と子供が大変なことになる）

しかし、それからも豊ノ市の癇癪はおさまったわけではない。

按摩として、この東海道・藤沢《ふじさわ》の宿《しゆく》へ住みついてから、もう七年になるのだが、……喧嘩《けんか》あんまの豊ノ市……の評判は、まだ絶えていない。

それでいて、けっこう名ざしの客がいるのは、やはり豊ノ市の〔あんま術〕が、すぐれていたからであろう。

しかし、なじみの客は旅人でなく、藤沢宿に住む人に多い。

「豊ノ市をよんで、もしまた喧嘩沙汰をひきおこされてはたまらない」

というので、旅籠《はたご》では、客のもとめに応じるときには、別のあんまをたのむことが多いのだ。

この夜もおそくなって、藤沢宿の旅籠〔ひたち屋権右衛門〕方へ泊った旅の侍が、

「あんまをよべ」

といったときも、〔ひたち屋〕では、別のあんまをたのんだ。

ところが、その日は、江ノ島まいりの講中《こうじゅう》が三組も宿場の宿々へ泊っていて、あんまが全部出はらっているという。

「早くせい、早く」

その侍が、やかましく催促するので、

「お侍さまならば、豊ノ市も気をつけていることだし、間違いもおこるまい」

こういうことになり、豊ノ市が呼ばれたのである。

二

侍にいわれ、豊ノ市は一礼して、床《とこ》の上に寝そべっている侍の躰へとりついた。

「まいい。早くもめ」

侍は、したたかに酒気をおびている。

一滴《いってき》も酒をやらない豊ノ市は顔をしかめて、もみにかかった。晩春の夜で、部屋の中はむしあついほどであった。

「もっと、しっかりもめい」

「へえ……」

「きさま、下手《へた》くそではないか」

「へえ……」

「へいだと……下手を承知であんま稼業《かぎょう》をしておるのか。では、きさま、けしからん奴だな。ええおい。きこえとるのかっ」

「はい」

「けしからんやつだと申しているのだ」

「は……」

侍は、しきりに豊ノ市へからんできた。

酒ぐせがよくないらしい。

「なんだきさま、毛むくじゃらの海坊主のような、蛸入道《たこにゅうどう》のような面《つら》をしてお るくせに、そんなもみ方しかできんのか。強くもめ、もっと強くもめというのだ っ‼」

いきなり侍は、足をもんでいる豊ノ市を蹴とばした。

それでも、豊ノ市は我慢をしてまたも侍の足にとりつき、力をこめてもみだし た。

「痛い」

侍はとび起き、豊ノ市の顔をつづけざまに撲《なぐ》りつけた。

「なにをいたされますかっ」

ついに、豊ノ市も逆上してしまった。

「な、な、なんだときさま……おのれ‼　あんまのぶんざいで……」

「いかに、めくらのあんまだとて、あまりの御非道《ひどう》には、だ、だ、黙ってはおられませぬ」

「おのれ」

「あんまだとて、人間でござりますっ」

「おのれ」

「めくらの片輪《かたわ》ものをおなぶりなされるのが、さ、さむらいの道でござりますかっ」

怒りだすと、豊ノ市は夢中になり、相手が侍だろうが、大名だろうが、少しもおそろしくなくなってくる。

「ぶ、無礼者‼」

たたみかけられて、その侍は豊ノ市の、するどい舌鋒《ぜっぽう》にいい負かされ、まっ赤になって立ち上るや、

「来いっ」

豊ノ市のえりをつかんだ。

「なにをするのだ」

懸命にこれをふり払って、廊下へ逃げ出そうとする豊ノ市のうしろから、

「待てぃ」

侍は、身をかえし、まくらもとの大刀をつかんだ……いや、つかもうとしたのだ。

「ややっ……?」

無い。

大刀も小刀も、まくらもとから消えているではないか。

「あっ……」

きょろきょろと、侍は部屋中を見まわした。いくら見まわしても無いものは無い。

侍は、まっ青になった。

武士が大小を盗まれたということは、まことにもって重大事である。

このことは、豊ノ市も知らない。

斬られると思い、無我夢中で廊下へよろめき出ていたからだ。

廊下のそこここで人ざわめきがする。

宿の女中の叫び声もした。

「お、お助け、お助け……」

こんどこそは、おれも死ぬかもしれないと思い、豊ノ市は両手を泳がせ、足ともしどろもどろに、廊下を逃げようとした。

「こっちだ、こっちだ」

そのとき、豊ノ市の腕をつかみ、かかえこむようにして手をかしてくれたものがある。

「さ、早く来なせえ」

その男は、すばやく廊下から中庭へおり、片腕だけで大きな豊ノ市の躰を引きずるようにして庭をすすみ、木戸をあけて、裏手の小路へ出た。

出たとき、その男が、宿の中のざわめきに向って、

「女中さん、おいらの勘定は部屋の中においてあるぜ」

と、叫んだ。

三

豊ノ市は、藤沢宿《じゆく》に近い引地《ひきじ》村の百姓家の納屋《なや》で暮していた。

納屋といっても、もうここに住みついて七年にもなるのだから、手入れもしてあり、改造もさせてもらい、女房のお伝と、五歳になる娘のお美代との三人暮しには事を欠かない。

按摩という商売はつらいもので、十人ものお客のうち「御苦労さま」と声をかけてくれるものは一人か二人だといってよい。

大方のものは、躰をもませながら好き勝手なことをいい、めくらの神経が寒くなるようなことまで、平気で口にのぼせるものだ。

盲目となったからには〔按摩・鍼《はり》・灸《きゆう》〕の業《わざ》をおぼえ、それをもって衣食の道とするより生きる道はない。

盲目という強い劣等感がある上に、世の中から卑しいとされている職業にたずさわっているのだから、豊ノ市のような按摩は、少年のころから苦労という苦労を味わいつくしてきているのだ。

「わたしはねえ、お前という女房ができなんだら、とっくの昔に、首をくくっていたかもしれないよ」

などと、豊ノ市は、女房のお伝によくいうことがある。

豊ノ市は、実際のところ、自分が何歳になるのか、はっきりとはわからない。

ただ、下総《しもうさ》・小金井村のうまれだということは、おぼえている。

父親はわからない。

「父《ちゃん》は、うちにはいないのか?」

と、四つか五つになったころ、母親にきいたことがあったが、

「ああ、いねえともよ」

母親は、豊ノ市に事もなげに答えたものだ。

そのころの母親の印象といえば、

「なんでも、私のおふくろはね、それこそ女相撲のようによう肥《こ》えたひとで、米俵を片手に一つずつ下げ、息も切らさず、とっとと駈けて行ったもんだ、まあ大変な力もちだし、おそらくなんだろうねえ。どこかの男のなぐさみものにされて、私をうみおとし、それからは村の庄屋の家へ住みこんで、もう、まっ黒にな

ってはたらいていたところを見ると、身よりも、あまりなかったようだよ」

お伝に語ってきかせたように、それだけの印象しかないのだ。

そのうちに、庄屋の家に逗留《とうりゅう》をしていた座頭《ざとう》夫婦が、そのころは平吉《へいきち》とよばれていた豊ノ市を連れ、江戸へ行った。

「ずいぶん、私も泣き叫び、おふくろをよんだものだが……とうとう駕籠に入れられてね」

江戸では、下坂検校通玄《しもさかけんぎょうつうげん》という、りっぱな家をかまえている人のところへ連れて行かれた。

「お前の身の上をきいて可哀想におもい、これからは、わしが仕込んでやることにした」

下坂検校は、そういった。

盲人にも下は流しの按摩から、座頭・勾当《こうとう》・別当《べっとう》・検校《けんぎょう》という位《くらい》があり、平家琵琶《びわ》などの音曲や、学問や治療にすぐれたものは、京都にある久我大納言《くがだいなごん》家のゆるしを得て、位をもらうこともできる。

このほかにも総検校とよばれる最高の位があり、なにしろ一番下の座頭になるためには金四両というものをおさめなければならず、もっとも下の按摩から検校になるまでは八百両に近い大金が必要だという。

さいわいに、下坂検校は豊ノ市を可愛がってくれたので、

「お前も十五になり、少しはもみ療治《りょうじ》もできるようになったのう。これからは豊ノ市と名のれ。二十《はたち》になったら座頭《ざとう》にしてやろう」

そういってくれてからまもなく、下坂検校は急死をした。今でいう脳溢血ででもあったのか……。

検校が死ぬと、豊ノ市は四方八方から憎まれるばかりとなった。

巨体の上に、白くむいた目も大きく、鼻もふとく唇も厚く、どうみても可愛げがない少年の上に、少しの愛嬌《あいきょう》もなく世辞《せじ》もいえず、なにかといえば検校の家の下女や弟子たちと喧嘩をするし、亡き検校の後妻に向っても、荒々しい口のきき方をしたりする。

「私が、こうなったのも、母親の行方《ゆくえ》がまったくわからなかったからだ。それで、どうもね、自棄《やけ》になったのだろうよ……検校さまも、私をひきとってすぐに、小金井村の庄屋のところへ、おふくろのことを問いあわせたが、そのときに

は、もう、おふくろは、どこかへ行ってしまっていたそうな……」

庄屋の話によると、豊ノ市の母親は、小金井村のうまれではないらしい。うまれたばかりの盲目の赤子を背負った旅の大女が、なんとか使ってくれと庄屋の家へころげこんできたのだという。

そして、豊ノ市の母親は、庄屋の家の人々にも、あまり、くわしい身の上話をしなかったらしいのだ。

下坂検校の家を出奔《しゅっぽん》してからの豊ノ市の人生が、どのようなものであったかは、お伝もよくは知らない。

「話したくはないからねえ」

いくらお伝がきいても、豊ノ市は語ろうとはしなかった。ずいぶんと、ひどい目にあってきたものらしい。

その夜——。

あやうく、乱暴な侍に斬り殺されそうになった豊ノ市を〔ひたち屋〕から連れ出し、無事に、引地村の我家まで送りとどけてくれた男は、

「江戸で小間物店をやっている又吉というものですよ」

といった。

声の調子では、二十四、五だと、豊ノ市は感じた。

「なあに、後《あと》のことは心配いらねえ。あの侍は浪人者じゃあねえ、どこかの大名の家来だ。それなのに、侍の表道具を二本とも盗まれたとあっちゃあ、どこへ喧嘩のもってゆきばもあるめえよ。お役所へ届けることもなるめえ。手前の恥になることだものな。なに、いくら探しても無駄さ。見つからねえところへ隠しちまったからねえ。は、は、は」

手をひかれて夜道を歩きながら、豊ノ市が、

「では、あなたさまが……?」

びっくりした。

「そうよ。あっしが、とっさの隙《すき》に盗まなけりゃ、今ごろ、お前さんの首は胴についちゃあいねえぜ」

「でも……、いつ、お盗みに?」

「お盗みにはよかったな。実は、あの侍のとなりの部屋に泊りあわせていてね。もう、あの野郎が、お前さんをなぶり放題《ほうだい》にしていやがるのをききながら、じり

じりと気をもんでいたのさ」

「そうでございましたか……」

「あぶねえと思ったとき、間《あい》の襖《ふすま》をあけて、野郎の大小を音もなくこっちへひっこめ、襖をしめておいた、というわけだ。そのときはねえ、あんまさん。お前が侍に撲られていたときよ」

「おどろきました」

「こんなことは、あっしにとっちゃあなんでもねえことさ」

事もなげに、その若者はいった。

小間物屋にしては口のききようが、ひどく伝法《でんぽう》なので、豊ノ市は不審《ふしん》に思ったが、あえてきくことはやめた。

〔ひたち屋〕の方は、安心であった。

主人夫婦が、豊ノ市の短気だが実直な性格と、すぐれた技術を見こみ、ひいきにしてくれたし、主人は町役人にも顔がきく。

下手《へた》にさわぎだせば、大小をとられた侍の恥になることだし、事実、侍はあれからかなり暴れたりわめいたりしたそうだが、翌朝になると、金を出して古道具屋からまにあわせの大小をととのえさせ、逃げるように宿場を出て行った。
主人は「あの按摩はとおりがかりのもので、おそらくは、別の旅籠に泊ってい
た旅流しの按摩らしゅうござります」と、あの侍をごまかしてしまったという。
これらのことは、翌朝になり〔ひたち屋〕の使いのものが知らせてくれたこと
だ。

もちろん、豊ノ市も〔ひたち屋〕へあやまりに出かけた。
「それにしても、お前さんの度胸《どきょう》のいいのには恐れいったよ。それにさ、その
若い旅のお方……そうそう、江戸の深川・黒江町《くろえちょう》の又吉さんというお人も、只《ただ》
者《もの》じゃあないな。あの侍が、お前さんを斬ろうとする前に、となりの部屋から刀
を、しかも二本とも……大したものじゃあないか」
と、〔ひたち屋〕の主人は豊ノ市にいった。
「それで、侍の刀はどこにあるのかねえ。あれからうちでも大さわぎで、客のあ
らためをしたり、隅々まで探しまわったりしたのだがね」
「申しわけございません」
「まあ、いいよ。刀は、その又吉さんがどこかへやってしまったのだろう」

「はい。私も、それをたずねました」

「ふむ、ふむ」

「すると……まあ、いいやな、と、こう申されまして……」

「なにしろ、よかった、よかった。役人にこられては恥になるから、困るらしく、届けずともよいと、あの侍がいいだしたのには、思わず胸の中でふきだしたよ」

主人は機嫌がよかった。

〔ひたち屋〕を出て歩き出しながら、昨夜は我家に泊ってくれ、きかれるままに語った豊ノ市の身の上話を、

「ふむ、ふむ……」

身をのり出し、心から聞いてくれた又吉のことを、豊ノ市は思いうかべていた。

「おしまいには、あの又吉さんが、じいっとお前さんの顔を穴のあくほど見つめては、お前さんの話に聞きいっていたようですよ」

今朝、又吉が発《た》った後で、女房が豊ノ市にそういったものだ。

もう一つ豊ノ市をおどろかせた女房の言葉がある。

「若くって、そりゃもう美い《い》男ぶりでしたがねえ、お前さん、あの人の右手の指は、五本とも無かったんですよ」

四

「いやはや、とんだ江ノ島まいりさ。お前と夫婦喧嘩をやらかし、気ばらしに出かけた旅の旅籠、久しぶりにあんなことをやったが、でも、こいつはゆるしてくれるだろうね」

江戸へ帰った又吉は、指五本がそろった左手を女房のおまゆに見せ、

「だが盗みをしたことには間違いがねえのだから、もし、お前が、この左手も切ってしまいてえというんなら……」

といいかけると、

「切りませんよ。ゆるしてあげる」

こういいかえしながらも、おまゆの両眼からは、みるみる涙があふれだしてきた。

「すまない……あのときのことを思うと……もう、私は、たまらなくなるんです。いくらお前さんが……」

「よしてくれよ、おい」

と、又吉は片手をふって、

「おまえがああしてくれなかったら、いまごろ、おれはどうなっているか……思っただけでも、ぞっとするよ」

「そう思っておくれかえ、ほんとうに……？」

「あたり前じゃねえか」

亭主の又吉の右手の指五本を切り落したのは、この女房のおまゆなのである。

おまゆは大伝馬町の木綿問屋・嶋屋重右衛門のひとり娘にうまれた。
十六、七のころから、めきめきと躰が肥《ふと》りだし、二十《はたち》ごろになると体重二十三貫という大女になったおまゆである。
これはまさに悲劇であった。

縁談があるといえば、きまって嶋屋の聟《むこ》となり、その財産目当《めあて》の男たちばかりで、

「私は、もう、お嫁になんか行かない‼」

おまゆは、十九の春から、裏茅場町の内堀左馬之介という一刀流の剣客のところへ、剣術の稽古にかよいだしたものである。

内堀先生は、前におまゆの家の裏長屋に住んでいたこともあって、嶋屋とも親交がふかい。

女ながら〔すじ〕がよいというのか……。

二年も稽古をつづけると、おまゆの技倆《ぎりよう》はとみに上った。

もしかすると、あれだけ夢中になって稽古にはげんだのも〔いくらかでも痩せたい〕という、彼女の願望があったからではないだろうか。

しかし、痩せなかった。

剣術をやるために、肥った体軀にいかめしさが加わり、

「嶋屋のむすめも、いよいよ化物《ばけもの》になったね」

近辺の評判も、耳へ入ってくる。

それでいて、おまゆの顔つきは、なかなか美《い》いのである。

ふっくらとした愛らしい顔だちであった。

「首だけなら、いつでも嫁にもらいたいもんだね」

などと、男どもがうわさをする。

このおまゆが、二つ年下の亭主を見事に自分で見つけ出したのだ。

それが、いまの又吉なのだが、これには、嶋屋重右衛門夫婦も、親類一同も、つくづく考えあぐねてしまったものだ。

「むすめをもらってくれるというなら、どんな男でもいい」

と、かねがね洩らしていた重右衛門も、

「そんな男にひっかかるとは……」

嘆き、怒り、断じてゆるさぬと叫んだ。

又吉は、そのころ〔市松小僧〕とよばれた名うての掏摸《すり》であった。

二十になっても前髪をおとさず、色の白いきりっとした男前だから、見たところは十六、七の少年に見える。

二人が知り合ったのは、市松小僧がおまゆのふところを狙《ねら》ったからだともいうが、別の仲間がおまゆからひどい目にあわされた、その仕返しに、おまゆをたたきのめそうとして襲いかかり、反対に押えつけられてしまったのだともいう。

どちらが本当なのか、二人に聞いてみなくては、わからないことだが、まず、似たりよったりの因縁《いんねん》から知り合ったものであろう。

これから、二人の恋愛がはじまる。

まじわりをむすんでしまってから、おまゆが、

「又吉と夫婦になりたい」

といいだしたのだ。

父親には、てっきり嶋屋をゆするため又吉が娘に手を出したのだ、としか思えなかった。

「ふざけるな。肥った女が好きな男は、おれだけじゃあねえや」

市松小僧はこういい、

「お前、出て来ちまえ」

いっぱしの亭主づらをして、二つも上のおまゆに命じ、さっさと駈け落ちをしてしまった。

このとき、間に入ってくれたのが、廻方《まわりかた》の同心で永井与五郎というものであった。

内堀道場は八丁堀に近いので、同心ばかりでなく、奉行所の与力《よりき》の中にも、稽古に来るものがいる。

だから、江戸市中の警察官である永井与五郎とおまゆは、内堀先生の兄妹弟子ということになる。

「きっぱりと足を洗う、というなら、おれが仲に入ってやろう」

と、永井同心は市松小僧にいった。

「洗う‼」

と、市松小僧は誓った。

おまゆとなら、どんな苦労でもやってみせる、といいきるのだ。

「おまゆさんは、腕もつよいし、いいひとだが、たとえばおれが嫁にもらうとしても……やはりもらわねえだろうよ」

と、永井与五郎はかねがね思いもしていたし、大女にうまれついた〈剣術友だち〉を気の毒にも思っていたものだ。

「又吉は、しんそこから、娘御に惚《ほ》れているようですよ」

と、永井同心が嶋屋をおとずれて、重右衛門に告げた。

「まさか……」

「まさか、ということはありますまい。あんたの娘さんなのですぜ」

「はあ……」

重右衛門は、おそれいった。

「して、おまゆは、いま、どこに？」

「私の女房があずかっていますよ、又吉ともども……」

これできまった。

巾着切《きんちゃくきり》の市松小僧の親代わりに、同心・永井与五郎がなろうというのだ。

二人は夫婦になった。

だが、親類たちへも発表できるような縁組ではない。

市松小僧又吉は、前に三度もお縄《なわ》をくらっている男なのである。

いちおうは勘当《かんどう》ということになり、重右衛門は、おまゆに金三百両をあたえた。

この金をもとにして、二人は深川の富岡八幡宮参道にある売り店を買い、ここで小間物屋をはじめたのだ。

商売は、うまくいった。

ところが半年後に、又吉が永代橋の上で、どこかの藩士らしいりっぱな侍のふところから財布を掏《す》りとったのである。

これを、永井与五郎に見られた。

もちろん、それは金ほしさにやったことではない。

十五のときから掏摸をしつづけてきた習性を、又吉は忘れきれなかったのであろう。

以後、又吉が女房に指を切られたいきさつは、すでにのべた。

それから二年、小間物商の亭主として、また女房として、まだ子供がないのはさびしかったが、又吉もおまゆも仲よくやってきたのである。

又吉が、江ノ島まいりに出かける原因となった夫婦喧嘩なぞは、なに、それこそ犬も食わないものであった。

又吉が藤沢宿の旅籠で、あんまの豊ノ市を助けるにつき、あの侍の大小二つを隣の部屋から盗み、間髪《かんはつ》を入れずに、これを自分の部屋の窓から裏手の川へほうりこんでしまったという話をきき、

「そりゃあお前さん、いいことをしておくれだったねえ」

おまゆは、心からいった。

そんなことで、又吉の〔盗みぐせ〕が元へもどるなぞとは思ってもみないおまゆであった。

この二年間の亭主の姿を見ていれば、もう少しも心配のいらぬ又吉になっていることを、おまゆは確信している。

もっとも右手の五本の指を切断されてしまったのでは、たとえ悪い癖が起っても、どうにもなるまい。

## 五

翌年の、ちょうどあれから一年目の晩春の或る日に、

「ごめん下さいまし」

按摩の豊ノ市が、ひょっこりと、深川の店へたずねて来た。

又吉も仕入れから帰ったところで、

「おう、おう……お前さんあのときの……それにしても、よく私のところがわか

ったものだねえ」

　おどろいた。

「へえ、へえ、わけはございません。〔ひたち屋〕の宿帳でわかりました」

「なるほど、違《ちげ》えねえや。おい、おい、おまゆ……こっちへ出ておいで。ほれ、このあんまさんが、あのときの……」

「まあまあ、これはこれは、ようおいでなさいましたねえ」

「おかみさんでございますか。私は、豊ノ市と申しまして、去年の今ごろ、御主人さまにあぶないところを……」

「そんなことはよござんすよ。まあ、とにかく、お上りなさい」

「あ、上って下せえ、豊ノ市さん」

「さようでございますか。では、遠慮なく……」

　豊ノ市がいうには、七年の間に、女房がためこんでくれた金が四両になったので、これを江戸の〔総検校〕のところへおさめるため、江戸へ出て来たのだという。

　この納金によって、豊ノ市も盲人として〔座頭〕の位《くらい》がもらえるわけであった。

　座頭になったからといって、すぐに生活が向上するわけでもないが、鑑札《かんさつ》をもらっておけばどこへ行っても盲人仲間のつきあいもふえ、仕事の上にも便利になるし、なによりも本人自身が、

「おれも、これで座頭になれた」

という誇りにみたされるものである。

「よし、このつぎには、よく本をよみ、治療もうまくなり、金をためて勾当《こうとう》の位をもらおう」

　こうした希望もうまれてくる。

「そりゃあ、よかったねえ」

　又吉も目を細めた。

「なにもかも女房のおかげでございますよ」

「まったくだ、女房というものは大変なもんだよ。豊ノ市さん」

　又吉が、にやりとおまゆを見ると、おまゆは顔をうつむけながら、又吉をにらんだ。

用事もすんだことだし、すぐにも帰るといいつつ、豊ノ市は、わざわざ藤沢からもってきた魚の干物《ひもの》なぞのみやげものを出した。

「まあ、いいやね。二、三日とまっていっておくんなさい」

「それがいい。浅草やら深川やら、私たちで御案内しましょうよ」

又吉夫婦は、豊ノ市をひきとめた。

豊ノ市も、

「そのように親切な言葉をきいたのは何年ぶりでございましょうか……」

涙ぐみ、結局は夫婦のすすめに従うことになった。

翌日は、おまゆが店番をして、又吉が富岡八幡をはじめ深川のそこここを案内した。

つぎの日は、店をやすみ、又吉夫婦が舟で大川を浅草まで行った。

「江戸は十年ぶりでございますよ、大そう、にぎやかになったようでございますなあ」

豊ノ市は懸命に耳をそばだて、耳から江戸の繁昌をくみとろうとしている。

その日は、舟を両国橋西詰の船宿玉屋《たまや》へつけた。

玉屋は、おまゆの実家である嶋屋重右衛門とも懇意の船宿である。

かつて、おまゆと又吉が何度も逢引《あいびき》をしたのも、この玉屋においてであった。

「嶋屋さんも御繁昌で、けっこうでございますねえ」

と、玉屋の女房がいった。

ひとり娘のおまゆが家を出たので、嶋屋へは、おまゆの従弟《いとこ》の彦太郎が養子に入り、万事うまくやっているのだ。

両国の盛り場から浅草へ出て、浅草寺へ参詣をし、吾妻橋をわたって川向うの景色をたのしんだのち、三人は、また浅草へとってかえし、〔ほうらい屋〕という料理屋へ入った。

この店では〔蓬莱茶漬《ほうらいちゃづけ》〕というのが名物になっているが、そのほかに、いろいろと料理もできるし、美味《うま》いので評判な店であった。

たんざく独活《うど》や木の芽の入った吸い物や鯛《たい》のつくりを口にするたび、

「こんなおいしいものは、うまれてはじめて口にいたしました。ああ……一口でもいいから女房に食べさせてやりとうございますよ」

豊ノ市は、もう感激の体《てい》である。

夕暮れ近くなって、三人は、また〔玉屋〕へもどった。

ここで汗ばんだ躰を湯ぶねにつけて、さっぱりとしてから、ゆっくりと夕飯をとった。

「あのときは、けれども、おもしろかったなあ」

又吉は、去年の藤沢の宿でのできごとを思い出しては、

「あのときの、あの侍のあわてぶりは忘れられねえ。どうも、あいつらは、ふだん上役にぺこぺこしてやがるもんだから、旅へ出ると威張りちらしたくなるものらしいね」

「そのとおりでございますよ」

と、豊ノ市もうなずき、

「なんでも、あのときの侍は掛川《かけがわ》の御藩中だとか、あとで聞きましたが……」

「ふうん、そうかい。いやに肩をいからせた四十がらみの奴だったが、あれで掛川の城下へ帰れば、女房子供もいるんだろう。それなのに、あのとき、お前さんをいじめやがった、あのいじめ方はどうだ。となりで聞きながら腹ん中が煮えくりかえってねえ」

「私も、どうも……うまれつき、気が短うございましてね。でも、あれからというものは、大分に気もねれてまいりましたよ。うっかり癇癪《かんしやく》をたてて、こんどは首をはねおとされたなぞということになっては、女房子供が……」

「また女房子供か……あは、は、は……お前さんも、私同様に、おかみさんには頭が上らないとみえるねえ」

「そのとおりでございますとも」

にぎやかに夕飯をすませ、すっかり暮れてしまった大川へ舟を出した。

三人が玉屋から舟を出したすぐ後から、これも玉屋で酒を飲んでいた三人の侍が舟を出した。

又吉夫婦と豊ノ市をのせた舟の、そのすぐうしろから、侍たちの舟がついて行くのである。

二つの舟は、前後して、深川へ入り、亀久橋《かめひさばし》の河岸についた。

「待てい!!」

舟からとび上った三人の侍が、風をまいて追いかけて来た。

「私どもでございますか？」

と、おまゆが落ちついてきいた。

「いかにも……」

ぱっと、三人の侍が、又吉たちを取りかこんだとたんに、

「あっ」

又吉が目をみはった。

「おまゆ、そいつだ。そこにいるのが、去年、藤沢で、おいらに刀を盗まれた馬鹿野郎だよ」

「黙れい‼」

おまゆの前にいた侍が、いきなり刀を抜いた。

まぎれもなく、あのときのやつだ。

豊ノ市は、がたがたふるえだし、又吉にしがみついたが、すぐに、

「い、いけません。やるのなら、私の首を斬って下さい」

いいはなって、よろめくように前へ出て行こうとした。

「どいておいでなさいよ」

と、おまゆが豊ノ市の腕をつかんでひきもどし、

「お前さん、退《さが》っていておくれよ」

といった。

河岸の向うには船宿の灯も見えるが、人通りもない幅一間半ほどの川ぞいの道であった。

堀川の向う岸は、松平大膳《まつだいらだいぜん》の控《ひかえ》屋敷である。

月が出ていた。

三人の侍は、事もなげに、

「覚悟せよ」

とか、

「つまらぬことをいいふらされて黙ってはおかぬ」

とか、

「早くかたづけろ。見られてはまずい」

とか、それぞれに勝手なことをいいながら包囲の輪をせばめてきた。

「お三人とも、掛川藩の方々でございますね」

と、おまゆが笑いをふくんでいった。

その落ちつきはらった態度が、三人の侍には異様に思えたらしい。

一瞬、三人は、ぱちぱちと目をまたたいたようだが、

「こやつ‼」

刀を盗まれたまぬけ侍が、おまゆにはかまわず、刀をふりかぶって又吉と豊ノ市へ斬りつけて来た。

その侍へ、おまゆが、ぱっととびかかった。

「ああっ」

どこをどうされたのか、侍の躰が、ふわりと宙《ちゅう》に浮いて、

「うわ……」

叫び声の半分が、川の水と、水の音にのまれた。

「おのれ‼」

「女郎《めろう》、推参《すいさん》な」

残った二人が抜きうちに、おまゆへ斬ってかかった。

おまゆの肥体が、魔鳥のように動いた。

「ぎゃ……」

「う、うーむ……」

ばたばたっと、二人の侍が路の両側に転倒した。

おまゆの当身《あてみ》をくらったのだ。

「おまゆに勝つにゃあ、もっと修業をしてこなくちゃあいけねえ」

と、又吉が豊ノ市にいった。

「うちのかみさんは巴御前《ともえごぜん》よ」

川へ落ちたやつが、月にきらめく川波をみだして、必死に泳いでいた。

六

もし、待ち伏せでもされたら、途中があぶないというので、おまゆが、わざわざ豊ノ市を藤沢まで送って行った。

やがて、江戸へ帰って来たおまゆに、

「お前、豊ノ市さんのおかみさんを見たかえ？」

と、又吉がきいた。

「あい」

「あの人のおかみさんも、お前と同じように、いい躰つきをしていたろう」

「あい」

「お前、豊ノ市さんの身の上話を聞いたかえ？」

「いいえ……すぐに、引っかえしてきましたよ」

「そうか……」

「でも、なぜ？」

「あの人の身の上を、おいらは聞いたよ。去年、あの人の家へ泊ったときにね」

「そうなんですか。けど、お前さん、その話を、私にはしておくれでなかったねえ」

「うむ……」

「なぜ……」

「いま話す。あの人は、下総小金井村のうまれだよ」

「では、お前さんと同じ……」

「そうさ。おふくろも同じだ」

「えっ」

と、さすがのおまゆもびっくりした。

「下総小金井の庄屋の家ではたらいていた大女が旅絵師にだまされ、なぐさみものにされて子をうみ、しかも、そいつがうまれながらの盲目《めくら》とあって育てきれずに江戸のなんとか検校のところへやってしまい、それからすぐに、その大女も小金井を出た。旅まわりの見世物芸人たちと一緒に、その女は、女相撲をやって暮しているうち、一座の男にまたもやなぐさみものにされ……」

「もう、よござんす」

「またもや、子をうんだというわけよ。その子がおいらだってことは、お前も知っていたはずだなあ」

「……」

「おふくろは、小《ちい》せえときのおいらに、よく、昔うんだめくらの子のことを、話してきかせてくれたっけ……」

しばらく、夫婦は沈黙していたが、ややあって、おまゆがいった。

「どうして、お前さんは兄弟の名のりをしなかったのだえ？」

「しねえのが本当さ」

「だってそうじゃねえか。豊ノ市つぁんに……いや、あの兄きに、私が同じ腹からうまれた弟でございますと、なにもわざわざいうことあねえ。人と人の気持というものはなあ、血のつながりでどうにかなるものじゃあねえよ。あの人とおいらの気持が、ぴったりと通じあえば、これからも永い永いつき合いができようし、そうなりゃあ、もう兄弟も同じことだ。それでいいじゃあねえか。なにもかもさらけだしてしまっちゃあ、味もそっけもなくなろうというもんだ」

「なぜ？」

「そうかねえ……」

「お前とおいらだって、もとはあかの他人よ。そいつが、どうだえ、今のおれたちは……」

「ふ、ふ、ふ……」

「兄弟の名のりをあげるなんてことは、つまらねえことさ。仲よくつづくもんなら、豊ノ市さんとおいらは、死ぬまで仲よしよ。江戸へ来てもらったり、こっちから出かけたり……」

「お前さん、今年で、いくつになったたっけねえ」

「お前はいくつだ」

「二十六さ」

「そこから二つ引いてみねえ、おいらの年齢《とし》が出るじゃあねえか」

「また、それをいう」

「じゃあ、なぜ、おいらの……」

「いいえ、私あねえ……」

「なんだよ？」

「お前さんが今いったことをきいてさ……」

「きいて、どうした？」

「お前さんも、ずいぶん、二年前とくらべて……」

「くらべて、どうした？」

「あの……」

「あの⁉」

「たのもしくなったと、思いましたよ」

「よしゃあがれ。さ、飯だ飯だ。この四日間は、焦《こ》げだらけの飯を食っていたんだぜ。それから今夜は早目に店をしまおうじゃあねえか」

おまゆが、肥えた躰をよじらせ、

「あい」

と、甘え声で返事をした。

# おしろい猫

一

かつて、お手玉小僧とよばれた掏摸《すり》の栄次郎だが、今のところはおとなしく、伊勢町河岸に〔おでん・かん酒〕の屋台店を出している。

このあたり、日本橋以北の町々に密集する商家が暗くなって戸をおろすと、

「う、う、寒い。いっぱいのまなくては、とても眠れやしない」

などと、商家の若いものが屋台へとびこんで来て、おでんをつつき、酒をのむ。

河岸のうしろは西堀留川で、大川から荷をはこんで来た船がここへ入り、あたり一帯の商家へ、さまざまな品物を荷あげする。

その〔荷あげ場〕の間《あいだ》々に、おでんだの、夜なきそばだのの屋台が、ひっそりと寝静まった河岸道に並ぶのである。

「今晩は、栄ちゃん……」

ひとしきりたてこんだ栄次郎の屋台へ、首を出したのは、この近くの大伝馬町にある木綿問屋〔岩戸屋《いわとや》〕の若主人・平吉《へいきち》だった。

「なんだ、平ちゃんか」

二人は幼友達なのである。

「どうした、青い顔をして……どこか工合でも悪いのかい？　うむ……うむ、うむ。ほんとにお前、ひどい顔つきだぜ。どうしたんだ、なにかあったのか？」

年齢も同じ二十五歳だった。

平吉は栄次郎とちがい、小さいときから〔岩戸屋〕へ奉公をして、主人の伊兵衛《いへえ》に見こまれ、ひとり娘のおつるの婿にえらばれたほどだから、その性格の物堅さも、おして知れよう。

「なにか、心配事でもできたのか？」

栄次郎が〔お手玉小僧〕だった、などということを、平吉は少しも知らない。

一年ほど前に、この河岸へ屋台を張ってからしばらくして、二人は十年ぶりかで再会をしたのである。

なんといっても幼なじみだ。

子供のころは、いつも栄次郎になぐられたり、いじめられたりしてぴいぴいと泣いていた平吉なのだが、そんなことを根にもつような平吉ではなく、素直に、

「ときどき、おでんを食べに来るよ」

といってくれたのが嬉しく、栄次郎も、

「平ちゃんは、がんもが好きだったね」

などと、むかしのことをよくおぼえていて、ときたま店をしまってから平吉がやって来ると、思わず昔話が長びいてしまうのだ。

「どうしたんだ？　だまっていたのじゃあわからねえよ」

「うん……」

色のあさぐろい、細おもてのすらりとした躰つきの栄次郎とは反対に、色白のむちむちとふとった平吉の童顔が蒼白となっている。

「うん、じゃあわからねえ。いってみなよ」

「あのねえ……」

不安にみちた双眸《め》で、平吉は、おどおどと栄次郎を見てから、屋台の前へ腰かけて、

「うちの猫の鼻に、白粉《おしろい》がぬってあったのだよ」

ふるえる声でいった。

二

その日——というのは、三日前のことだが……。

平吉が商用をすまし、外から帰って来たのは夕暮れに近いころだった。

大伝馬町の〔岩戸屋〕といえば、きこえた大店《おおだな》でもあるし、奉公人も三十人をこえる。二年前までは、平吉も、この奉公人の中の一人として、おつるをお嬢さんとよんでいたものだ。

その平吉が主人にえらばれ、一躍、若主人の座をしめたことについては、先輩も、これをうらやみこそすれ、憎悪をかけるようなことがなかった。

それも、平吉のおだやかな性格と、まったく私心のない奉公ぶりが、主人のみか奉公人の誰にも好感をもたれていたからだろう。

今の平吉は、なにもかも、みちたりていた。

おつるにしても、箱入娘のわがままさで、平吉を弟のようにあしらうところは

あるが、なんといっても、

「平吉をもらってほしい」

父親より先に、おつるの方が熱をあげていたほどだから、吉太郎《きちたろう》という子もうまれた現在では、昼日中《ひなか》でも平吉を居間へよんでだきついたりしては、

「平吉……じゃあない、旦那さま。これ以上、肥ったりしてはいやよ」

などと、いう。

平吉のような男には、尻にしかれつつ、なおうれしいといった女房なのだろう。

その日も、外出から帰った平吉へ、人形に着せかけるような手つきで着替えを手伝っていたおつるが、

「ほら、ごらんなさいな」

という。

「なにが？」

「ごろが、おしろいをつけて……」

おつるの指す方を見て、平吉は、すくみあがった。

居間の障子の隅に、飼猫のごろが、うずくまっている。ごろは、三毛猫のおすだが、ひたいから鼻すじにかけて黒い毛がつやつやと光っていた。その黒い鼻すじに、すっと白粉のふとい線が浮きだして見える。

「外へ遊びに出たとき、だれか近くの、いたずら好きの人がごろをつかまえて、あんなことをしたのね」

「ふ、ふいてやりなさいよ、ふいて……」

「いいじゃありませんか、おもしろくて……」

「ふきなさい、ふきなさい」

平吉が、いらいらした様子で女中をよび、すぐに猫の鼻をふかせたのを見て、おつるは、

「おかしなひと……」

気にもとめずに笑っていたものだ。

つぎの日——。

日中、どこかへ出て行ったごろが、夕飯を食べに台所へあらわれると、女中たちが笑いだした。

また白粉がついていたのだ。

これをきいて平吉が台所へとびだして行き、今度は自分が雑巾《ぞうきん》をつかんで、消した。

そして今日——。

また、飼い猫は白粉をぬられて外から帰ってきたのである。

「おかしなことをする人がいるものだわ」

と、おつるは相変らず笑っているが、平吉にしてみれば、それどころではなかったのだ。

「栄ちゃん。こ、困った……ほんとにもう、どうしていいのだか……」

栄次郎が出したおでんの皿には見向きもせず、平吉は泣きそうな声でいった。

「猫が白粉をぬられた、というだけじゃあわからねえ。平ちゃん。もっとくわしく……」

「話すよ。話して、相談にのってもらいたい、だから、こうしてやって来たんだよ」

「いいとも。できるだけのことはさせてもらうよ」

「すまない」

そこへ、河岸の向うの小田町にある線香問屋の手代が二人、

「熱くしておくれよ」

と入って来たが、

「すいません。ちょいと取りこみごとができて、店をしめるところなんで……」

栄次郎は、ことわってしまった。

それから、ゆっくりと平吉の話をきいた。ききおえて、

「ふうん……」

栄次郎は骨張ったあごをなでまわしながら、あきれたように平吉の顔をながめていたが、ややあって、ふといためいきをもらし、

「こいつはまったく面白えようでもあり、なんとなくさびしいようでもあり、なんともいえねえ話だな」

「そういうなよ。栄ちゃん……」

「ふうん……そうかい。お前さん、あの、お長《ちょう》と……お長がお前さんの色女だとはねえ」

「そういわないでくれったら……」

「あの洟《はな》ったらしのお長が、そんなに色っぽい女になったかねえ……」

栄次郎は、冷《ひや》の酒を茶碗にくんで一気にあおってから、うなだれている平吉の肩をたたいてやった。

「よし。ひきうけたよ、平ちゃん」

三

上野山下に〔蓬莱亭《ほうらいてい》〕という、ちょいとした料理屋がある。

同業仲間の寄り合いが〔蓬莱亭〕でおこなわれたとき、義父伊兵衛の代理として、平吉がこれに出たのは、この夏もさかりの或る日だった。

お長は〔蓬莱亭〕の座敷女中をしていた。

平吉にとっても栄次郎にとっても幼なじみのお長であり、ともに子供のころを浅草・阿部川町の裏長屋で育った仲だけに、それとわかったときには、

「十五、六年にもなるかねえ……」

平吉は、なつかしげにいった。

はじめに気づいたのはお長である。

同業者の相談がすんで酒宴になってから、酒肴《しゅこう》をはこんであらわれたほかの女中たちと一緒に、お長も座敷に入って来たのだが、少しも平吉はわからなかった。

しばらくして小用にたち、廊下を帰って来ると、中庭に面した柱の陰に、お長が待っていて、

「平ちゃんじゃありませんか?」

声をかけてきたものだ。

子供のころ、平吉の父親は、しがない指物《さしもの》職人であり、栄次郎の父親は、酒乱の魚屋《ぼてふり》だった。

平吉も栄次郎も、早くから母親を亡くしていたし、兄弟もなかったのだが、お長は両親も健在で、弟が一人いた。お長の父親は得意まわりの小間物屋だった。

ひとりっ子のめんどうも見ずに、いささかの金と暇さえ見つければ、さっさと酒をのみ夜鷹《よたか》をあさるという父親だけの暗い家に育った栄次郎は町内随一の乱暴者で、

「あんながきは馬に蹴られて死んじまえばいいのに……」

と陰口をたたかれたものだ。

同じひとりっ子でも、平吉の方は、実直でおだやかな父親の甚之助《じんのすけ》が、

「平吉が可哀想だから……」

と、三十そこそこで女房をうしなってから後《のち》ぞえももらわず一心こめて育てあげてくれたし、平吉も父親ゆずりの気性をうけつぎ、八歳の秋に〔岩戸屋〕へ奉公に上ってからも、とんとん拍子に主家の厚遇《こうぐう》をうけるようになった。

一年に二度の、盆と正月の休みに、父親が待つ阿部川町へ平吉が帰って来ると、

「お長ちゃん、いる?」

平吉は、すぐにお長の家へとんで行き、たのしい一日をすごしたものである。

お長は、女の子のくせに力もつよいし気性も激しく、平吉が栄次郎にいじめられて泣きだしでもしようものなら、

「こんなおとなしい子をいじめてどこがいいのさ」

同《おな》い年のお長が、栄次郎へつかみかかっていったものである。

お長は、弟の久太郎《きゆうたろう》が小さいときから病弱で、内職にいそがしい母親にかわってめんどうを見てきただけに、おとなしい男の子が、もっともたのみとする〔女親分〕になってしまい、

「ふん。あいつにゃあかなわねえ」

さすがの栄次郎も苦笑《にがわら》いをしたものだ。

あれは、平吉が十歳になった正月だったか……阿部川町へ帰ってみると、お長一家は、どこかへ引っ越してしまっていた。

「なんでも、本所あたりへ行ったというが……なにしろ急だったし、それにあまりくわしいことをいわないで引っ越してしまい、大家さんにもわからないそうだよ」

と、父親になぐさめられたが、

「つまらないなあ……」

少年の平吉は、お長の住んでいた家のまわりをうろうろして、

「ほんとに気がつかないことをしたねえ。平ちゃんのいいひとの行先をたしかめておかなくってさ」

長屋の女房たちに、からかわれたりした。

そのころのお長は、ほんとうに洟《はな》たらしだった。黒い顔をして、やせこけていて、ぼさぼさの髪もかまわず、十やそこらの子供なのに一日中、母親の手伝いをして、くるくるとはたらいていたものである。

「変ったねえ……」

蓬莱亭で会ったとき、平吉は、つくづくとお長を、まぶしげに見やった。

「おばあさんになったって、いいたいんでしょ？」

「とんでもない……あんまり、その、きれいになってしまったもんで……」

「まあ、御上手な……」

「ほんとだよ、お長ちゃん……」

お長も、二十五になる。

あの、やせこけた少女のころのおもかげはどこにもなかった。

年増《としま》ざかりの血の色が、顔にも襟《えり》もとにもむんむんと匂いたち、縞《しま》の着物につつまれた胸も腰も、惜しみなくふくらみきって……。

「ねえ……後で、ゆっくり話したいんだけど……」

お長も、なつかしさを双眸《め》いっぱいにたたえ、つとすり寄って来て、平吉の耳もとへささやいたとき、

「いいともさ」

答えながら、我にもなく、平吉の胸はどよめいた。

二人きりで会って話しだせば切りがなかった。

あれから、お長たちは本所二ツ目へ移り、それでも小さな店をひらいたという。

だが、五年目に父親が死んだ。

母親と二人で、しばらくは店をつづけたが、とてもやりきれたものではなく、お長は十六の暮に、深川・佐賀町の味噌問屋〔佐野倉《さのくら》〕へ奉公に出た。

ここへ出入りの大工の棟梁《とうりよう》・重五郎方の職人で喜八《きはち》というものへ嫁《とつ》いだのが十九のときだった、と、お長は語った。

「あたしって、ほんとに男運がないのね。平ちゃんとも別れちまったし……お父っつぁんも早く死んでしまったし、それに、それに……」

それに、亭主の喜八も夫婦になって二年たつかたたないうち、ちょいとした切

り傷がもとで破傷風《はしょうふう》とやらいうものにかかり、あっけなく世を去った。

「それからは、もう、こんな世わたりばかりで、恥ずかしいのだけど……小梅《こうめ》のお百姓さんのところに、病気の弟をあずかってもらい、一生懸命にはたらいているんですよ」

「おっ母さんは……」

「一昨年《おととし》……」

「亡くなったのかい。そりゃあ、大変だったねえ」

何事につけても、幼少のころの記憶と、そのころに身心へうちこまれた感情の爪あとは強く残っているものだ。

(お長ちゃんも苦労をしたのだなあ、可哀想に……)

平吉は、お長への同情から、用事のたびに〔蓬莱亭〕へ立ち寄った。

いまは、養父の伊兵衛も万事を平吉にまかせきりだし、

「少しだけれど、とっておいてくれないか」

飲めない酒の一本もあけ、料理をつついて、平吉は帰りしなに〔心づけ〕をお長にわたす。

夏も終ろうとする或る夜……。

「いけなかった……けれど、どうしようもなくてねえ……」

平吉が栄次郎へ語ったように、どちらからともなく、二人は蓬莱亭の奥の小座敷で、しっかりだき合ってしまったのである。

つぎは、昼間だった。

深川亀久橋《かめひさばし》〔船宿〕で、二人は忍び会った。

こうなると、お長の情熱は狂気じみてきて、

「もう離さないで……離したらあたし、平ちゃんを殺してしまうから……」

殺すといったときの、お長の目の光のすごさは、とても栄ちゃんにわかってもらえないだろうけど、と、平吉はいうのだ。

お嬢さん育ちのおつるとは違い、熟しきったお長の肉体の底のふかさは、平吉を瞠目《どうもく》させた。

（こ、こんな世界があったのか……）

おつるとの交わりは、まるで〔ままごと《まじ》〕のようなものだったと、平吉は思った。

女といえば、おつるだけしか知らない平吉だけに、船宿での逢引《あいびき》は十日に一度が五日に一度、三日に一度となった。

もうお長は蓬莱亭をやめてしまい、船宿〔いさみや〕に泊りっぱなしということになり、

(もうこうなったらしかたがない、どこかへ、お長に一軒もたせよう)

と、平吉に決意させるにいたった。

そうきめてから、さすがに平吉も、

(このことが、店へ知れたら大変なことになる)

養父も女房も黙ってはいまい。

もしかしたら離縁されかねないし、そうなったら、いまは阿部川町の長屋へ楽隠居をしている父親が、どんなに悲しむだろう。

平吉は、また商売に身を入れはじめた。

お長へは「そのうちに、きっとなんとかする」といってある。それなのに、四、五日、平吉が船宿へたずねて行かないと、お長が、大伝馬町へやって来て、店のまわりをうろうろしはじめるのだ。

「このごろ、妙な女が店をのぞきこんで行くんですが……ひとつ、長浜町の親分にでも話してみましょうか」

と、番頭がいいだした。

長浜町の親分というのは、地廻《じまわ》りの岡っ引である。そんなことをされたら、とんでもないことになる。

「もう少し待ってくれといってあるじゃあないか。金ぐりがつくまで、待っておくれよ」

たまりかねて、平吉が船宿へ出かけて行き、

「店の前をうろうろするのは、やめておくれ」

と、たのんだ。

養子でもあり、養父へは帳面の一切を見せる習慣なので、平吉も、やたらに店の金を引きだすわけにはいかない。番頭の目も光っていることなのだ。

すると、お長は、船宿の黒猫をだき、その鼻づらへ、水白粉をなすりつけながら、

「あたし、もうたまらない。ここにいて、猫を相手に暮らしているなんて……」

燃えつくような視線を平吉に射つけたかと思うと、猫を追いやり、帯をときはじめる。

障子に、冬も近い陽射しがあたっている昼さがりだというのに、お長は全裸となって平吉へいどみかかるのである。

十二月に入ると、お長は、

「子供ができた」

と告げた。

「この子をつれてお店へ行き、あたしのことを大旦那にも平ちゃんのおかみさんにも……」

みとめてもらうのだといって、きかない。

平吉は、もう船宿へ出かけるのが恐ろしくなって来た。

といって、金を引き出すこともできない。

ぐずぐずと日がたつうちに、岩戸屋のごろが、どこかで白粉をぬられて帰って来ることになった。

「お長のしわざだ。間違いないよ。船宿でも、そんなことをいつもやっていたし……お長が、毎日、店のまわりをうろついているんだ。子供が……子供がうまれたら、きっとやって来るよ、お長は……ねえ、栄ちゃん。どうしたらいいんだ？教えておくれよ」

たまりかねて、平吉が泣き伏したのを見て、栄次郎が、

「金で万事は片がつくと思うが……さて、おいらが乗りだしても、お前が金を出せねえというんなら、こいつ、しかたがあるめえなあ」

と、いった。

四

お手玉小僧の栄次郎が、亀久橋の船宿〔いさみや〕をおとずれたのは、その翌日である。

師走の風が障子を鳴らしている部屋で、栄次郎も十何年ぶりにお長と会った。

「お長さんも変ったねえ」

栄次郎も目をみはった。

平吉と違って、女道楽もかなりしてきている栄次郎だけに、

（こりゃあ、平ちゃんが迷うのもむりはねえ）

と思った。

お長の、しめりけのありそうな青みがかった襟もとからのどもとへかけての肌の色を見ただけでも、

（こいつ、中身《なかみ》は大したもんだ……）

栄次郎は、なまつばをのんだ。

（女は魔物だ。お長が、こんな女になろうとは夢にも思わなかったものなあ……）

お長も、なつかしげであったが、

「お前さん、平ちゃんとできたんだってね」

栄次郎が切りだすと、びっくりして、

「どうしてそれを……」

すべてを、栄次郎は語った。

語りつつ、栄次郎は、

（こいつは、いけねえ。お長め、かなりのところまで心をきめていやあがる

……）

思わずにはいられなかった。

いまのところ、平吉がなんとか都合できる金は二十両ほどだという。しかし、

「十両がせいぜいというところだ。行末、大旦那が死んで平ちゃんが岩戸屋を一人じめにしたあかつきには、なんとでもつぐないをするだろう。だから、ここはひとつ、かんべんをしてやってくんねえ。なあ、お長ちゃん、十両で……」

と、栄次郎は持ちかけてみた。

平吉から二十両うけとり、そのうちの半分は、ふところへ入れるつもりだった。

お長は、冷笑をうかべていた。

「男って、みんなそうなんだ……」

お長は力をこめた声で、

「私あ、平ちゃんが好きで好きでたまらなくなったから、平ちゃんとこうなったんですよ。なにも腹の中の子をたてにとって岩戸屋を乗っ取ろうというんじゃない。けれど、岩戸屋の大旦那にも、それから平ちゃんのおかみさんにも……私と

子供のことをなっとくしてもらいたいのよ」

　すこぶる強硬である。

「それでなくちゃあ心配でなりません。私あともかく、うまれてくる子供のことがねえ」

「な、そりゃ、そうだが……」

「それでなくても、十両かそこいらで、私とのかかわりあいをないものにしようという……そんな卑怯《ひきよう》な平ちゃんになっちまったんだもの」

「うむ……」

「帰ってそういっておくんなさいよ」

「いや、その……なにも平ちゃんは、お前さんとの間をどうのこうのというんじゃねえ。いまにきっと……」

「栄次郎さん……」

　お長は屹《きっ》となった。

「私をなめてもらっちゃあ困りますよ。私は死物狂いなんだ。私のいい分がとおらなけりゃ、平吉さんの命も……、いえ私も子供も、一緒に死ぬつもりですよ」

勝手にしやがれ……と、栄次郎は舌うちをしながら船宿を引きあげて来た。

平吉は〔地引河岸〕の近くにある寿司屋の二階で、栄次郎を待っていた。

「いまのところ、簡単には承知をしねえが、まあなんとか、かたちをつけてみせるよ」

「すまない、栄ちゃん。このとおりだ」

平吉は、両手を合せて見せた。

栄次郎は笑って、

「けれど、平ちゃん……お長は、いい女になったもんだねえ」

「そう思うかい」

「もう会わねえつもりか?」

「お長が、なんだかこわくなってね……」

「せっかく大旦那に見こまれ、夢みてえな身分になったのだからなあ。まさか、岩戸屋の身代を捨てて、お長のところへ行くわけにもなあ……」

「それをいってくれるなったら……」

「いいや、当り前のことさ。おれがお前だったら、やはりそうするよ」

「だが、二十両ですますつもりはない。私だって今に店をつぐわけだから……そうしたら、お前に間に立ってもらって、金だけは仕送りするつもりなんだ」

「もう、みれんはないかい？」

「うむ……」

うなずいたが、平吉の面《おもて》には、ありありと貴重な逸品を逃した者のもつさびしさが、ただよっている。

「とにかく、平ちゃん。約束の金はおれが預《あず》かっておこう」

「そうだった……」

平吉は、ふところから〔ふくさ包み〕を出した。

「これだけ持ちだすのが、やっとだった。なにしろうちの店は、大番頭が二人もいて……」

「いいってことよ」

栄次郎は二十両入った包みを、ふところに入れ、

「女子供が三年は食べていける金だ。なんとか話をつけるよ」

と、いった。

しかし、栄次郎には自信はなかった。

(もっと男ずれをしている女なら、いくらでも手はあるんだが……お長め、あの肌のつやといい、まだくずれきっちゃあいねえ躰つきといい、案外、堅く後家をとおして来やがったに違いねえ。料理屋の女中なんぞをしていながら、妙にこう物堅え女、こいつが一番やっかいものさ。こういう女が男に打ちこむと、それこそ命をかけてきやがるものな)

どうしても、お長が十両で承知をしなかったら……いや、おそらくそのとおりだろうが、そうなったら栄次郎は、この界隈《かいわい》から姿を消すつもりでいた。

(もう一度行ってみるが……駄目なら、この二十両は、そっくりおいらのものだ)

なのである。

金をつかんで姿をくらますつもりなのだ。

もう、そろそろ元の商売へもどってもいいころだと、栄次郎は考えている。

伊勢町河岸に、おでんの屋台を出す前の彼は、三年ほど品川宿にねぐらをもち、品川から東海道すじを小田原あたりまでが〔稼ぎ場〕で、掏摸《すり》をはたらいていた。

お手玉小僧という異名は、仲間うちでのもので、まだ栄次郎は一度も縄をうけたことがない。

それだけに、品川宿の岡っ引から、

（目をつけられている……）

と感じるや、すぐさまねぐらをたたみ、親分の砂取《すなどり》の伝蔵へも、

「少し、ほとぼりをさまして来ます」

ことわって、江戸市中へ舞いもどり、神妙に屋台を張りながら、それでも十日に一度ほどは、女遊びの金を人のふところから、かすめていたものである。

用心ぶかい栄次郎は、決して無理をせず、仕事をするときは、雑司ケ谷の鬼子母神だの、内藤新宿の盛り場だのまで出かけて行った。

（もう、品川へもどってもいいころだ）

なんといっても手馴れた場所でやるのが、一番よいことだった。

（しばらく、東海道もあるいていねえな）

よし、明日にでも、もう一度、お長へかけあい、駄目ならさっさと逃げてしま

おうと、栄次郎はきめた。

(平ちゃん、ごめんよ。後はうまくやってくんねえ)

その夜——。

栄次郎は河岸へ出なかった。

掏摸《すり》をしていても二十両という大金が、まとまって入ることは、めったにないことである。

日が落ちる前から、神田明神下の〔春川〕という鰻屋《うなぎや》で、たらふく飲み、食い、やがて栄次郎は、

(あそこなら、いつ行っても、いい女を呼んでくれるに違いねえ)

暮れかかる空の下を、目と鼻の先の池ノ端へ出た。

月も星もなく、降りそうで降らない日だった。

風が絶えると、妙に、なまあたたかい。

(明日は、きっと雨だ……)

栄次郎は、仲町にある〔みのむし〕という水茶屋ののれんをくぐった。

この茶屋のあるじは、重右衛門といって七十をこえた老人だが、茶屋商売のほ

かに金貸しもやっている。

そして、客をとる女に場所を提供し、たっぷりと上前《うわまえ》をはねるのも商売の一つだ。

江戸には公娼のほかに、種々な岡場所にいる私娼や、むしろを抱えて客の袖を引く夜鷹《よたか》もいて、女あそびに少しも困らないことはいうまでもない。

だが〔みのむし〕で世話をする女は、正真正銘の素人女《しろうと》、というふれこみである。

病気の夫を抱えた女房やら、近くに軒をつらねる食べ物屋の女中やら、武家の未亡人までやって来るという。

そのかわり、価も高い。

昼遊びで二分《ぶ》というきまりだし、夜も、女は泊らないことになっていた。

客は大店の旦那衆もいれば、旗本もいるし、大名屋敷の用人なぞも来る。

そういう連中の相手をする女には、遊びで二両、三両という逸品もいるそうな……。

(よし、今夜は一両も張りこむか……)

栄次郎は〔みのむし〕の小座敷で、女を待った。

なんでも、根津のあたりに住む後家で、それもあぶらの乗りきったすばらしいのを呼んでくれるというものだから、栄次郎は期待に酔い、わくわくしながら茶屋の老婆を相手に盃をかさねた。

しばらくして、女が来た。

老婆と入れ違いに、

「ごめんなさい」

入って来た女を見て、さすがの栄次郎も盃を落した。

「お前……」

「あら……」

女も、青ざめた。

女……お長だったのである。

ぎこちない沈黙が、どれくらいつづいたろうか。

お長が、頰《ほお》のあたりをひきつらせながらも、

「もう、こうなったら……しようがないねえ」

にやりとしたものだ。

栄次郎も笑った。

「病気の弟をかかえて、しかも行末のことを考えりゃあ、こんなことでもするよりほかに、しかたはなかったのさ」

と、お長はいった。

(ざまあみやがれ)

今日、深川の船宿で、さんざんにお長からやっつけられていただけに、

「おおかた、こんなこったろうと思っていたよ」

栄次郎は負け惜しみをいった。

お長が覚悟をきめたらしい。

栄次郎のそばへ来て酌《しゃく》をしながら、

「でもねえ。平ちゃんとのことは本当の……いいえ、ほんとうに平ちゃんが好きだった。嘘じゃあないんだから……」

「へっ。子供ができたなんて、見えすいた嘘をつきゃあがって……」

「そうでもしなくちゃあ、いつなんどき、あの人が私を捨ててしまうかしれやし

ないと思ったから……」

「それで、岩戸屋へ乗りこむつもりだったのか」

「ええ」

「正式のおゆるしをうけて、妾にすわるつもりだったんだな」

「いけないかえ」

「ふん……」

「どうだろう、栄ちゃん……」

「なに？」

「今度は、私の味方になっておくれでないかえ。十両くらいならいつでも出す。だから私と平ちゃんとの間を、うまく……」

「おきゃあがれ」

栄次郎は立ちあがった。

ふところから小判を五枚、お長の前へほうり出し、

「五両ある。この金はおいらの金だが、とっておきねえ。だが、今夜のことは明日にも平ちゃんに打ちあけておくぜ。いつでもおいらが証人になる。だからお前

も、あきらめるこったな」

一気にいい放った。

「そうかえ……」

お長はもの倦《う》げに小判をかきあつめて、

「もらっておこうよ」

「そうしねえ」

「商売だからね、私も……」

「違えねえや、ふふん……」

「あきらめたよ、平ちゃんのことは……」

「当り前だ」

「とんだところへ、お前さん、首を出してくれたねえ」

「悪かったな」

だこうと思えばだけたかもしれねえ、だが、それじゃああんまり、おいらも男を下げるというもんだ。残念だが、しかたがねえ……と、栄次郎は〔みのむし〕から駕籠《かご》をよんでもらうよう、たのんでおき、また部屋へもどった。

お長は、ぼんやりと行燈《あんどん》の灯影《ほかげ》に目をこらしていた。

お長の頰に、涙のあとがあった。

(こいつ、本気で平ちゃんを……)

ふっと思ったが、

「おい。もう岩戸屋の猫の鼻づらへ、おしろいなんぞをぬるのじゃあねえよ」

と、栄次郎は釘《くぎ》をさした。

「わかりましたよ」

「つまらねえいやがらせをしたもんだ」

「いやがらせじゃあない、平ちゃんが冷たいそぶりを見せたからだ」

「へえ。こんなまねをしていやがって、たいそうな口をきくねえ」

「……」

「あばよ」

駕籠が来ると、

「吉原へやってくんねえ」

と、栄次郎はいいつけた。

ぽつりぽつりと降りだして来た雨の道を飛んで行く駕籠の中で、

(へん。五両ですんだ。思いがけなく十五両……その上、平吉にゃあ、うんと恩を着せてやれる。おい、平ちゃん。おいら、お前さんの弱味をしっかりとつかまえちゃったぜ……ねえ、平ちゃん。これから、つきあいも永くなろうが、せいぜい可愛がっておくれよ)

栄次郎は、にたにたと胸のうちで、平吉へ呼びかけていた。

## 五

お手玉小僧・栄次郎が死んだのは、おそらく、その夜のうちだったろうと思われる。

死体が発見されたのは、翌朝だった。

場所は、吉原土手を三ノ輪方面へ向って行き、新吉原遊廓へ入る衣紋《えもん》坂をとおりすぎ、右手の竜泉寺村へ切れこんだ田圃《たんぼ》の中である。

後ろから一太刀で、栄次郎の首から肩にかけて切りつけた手なみは只のものではない。

その一太刀をあびただけで、栄次郎は絶命したのだ。

死体を発見したのは、附近の百姓たちだった。

番所から役人が出張《でば》って来たが、むろん、身もとは不明だ。

ところが、栄次郎のふところから［ふくさ包み］の金十五両があらわれたものである。

金はともかく、このふくさは、大伝馬町の岩戸屋の名入りのもので、毎年、現在《いま》でいう名刺がわりに色を変えて染めさせるものだった。

これで、岩戸屋がうかんで来た。

長浜町の清五郎という岡っ引は、かねてから岩戸屋出入りの男だが、この清五郎が定廻《じょうまわり》の同心を案内し、岩戸屋へやって来た。

店でもおどろいたが、平吉は、もう歯の根が合わぬほどにちぢみあがった。

だが、栄次郎と幼友達だったということは、女房のおつるにも、養父の伊兵衛にも話してあったから、この点はまずよかった。

問題は、岩戸屋のふくさに包んであった金十五両である。

「若旦那だけ、ちょいと顔をおかしなすって……」

同心が帰ったあとで、岡っ引の清五郎は平吉と二人きりで、居間へ残った。

「師走《しわす》でいそがしいところをすみませんねえ」

岡っ引といっても、このあたりの大店を相手に、いざ刑事問題がおきたときにはなにかとはたらいてもらうため、岩戸屋ばかりではなく、諸方の店からきまった「手当て」をもらっている清五郎だけに、

「ねえ、若旦那……」

ものやわらかな、くだけた調子で、

「どんなことがあっても、あっしがうまく片をつけます。だから安心をして……ひとつなにもかも、この清五郎にぶちまけてくれませんか」

と、ささやいて来た。

平吉は、衝撃と恐怖で、しばらくは口もきけない。

「お店の金が二十両ほど、帳尻が合わねえことも、さっき番頭さんに調べてもらってわかりましたよ。ねえ、若旦那……」

「……」

「だまってたんじゃ、わからない。なんとかいっておくんなさいな」

「いいんですかい？　お前さんが口をきかねえなら、お上《かみ》の調べは表沙汰になりますよ。それでもかまいませんかね？」

「……」

「親分……」

「さあ、さあ……あっしはなにをいわれても、この胸ひとつにしまっておくつもりだ。さあ、さあ、ぶちまけてごらんなさい……」

「はい……」

いいかけたが、どうもいいきれない。

お長と、お長の腹にいる子供のことがわかったら、これからの自分の身の上はどうなるだろう。

お長と、ああなったについては、たしかに気まぐれな浮気以上の何物かがあったといってよい。

はじめのうちは、なんとかお長を幸福にしてやろうという熱情をもっていた平吉だが、

（お長は、こわい……）

ひた向きに押して来るお長の愛欲のすさまじさと、岩戸屋へまで事をもちこもうとする激しい態度を、

（あんなに、おそろしい女だとは知らなかった……）

今は、悔んでいる。

といって……。

このことのすべてを、岡っ引などにうちあけてしまってよいものか、どうか、である。

もしも大旦那が寛容に目をつぶってくれたとしても、平吉は一生、おつるにも店の者にも頭が上らなくなってしまうし、恥と負目《おいめ》にさいなまれながら一生を送らなくてはならない。

「どうしたんだ、さっさといってごらんなさい」

苛《い》らだった清五郎の口調が、がらりと変ったときだった。

「私から申します」

なんと、おつるがあらわれたのだ。

「あ、おつる……」

「いいんですよ」

おつるは微笑で平吉をおさえ、

「ふくさ包みのお金は、主人が、たしかに栄次郎さんへおわたししたものです」

と、いった。

平吉は、新たな不安に、すくみあがった。

「栄次郎さんはなんでも、前の商売がうまくいかず、そのときの借金に苦しめられていたようなんでした。くわしいことは私も主人も、よくきいてはいないのだけれど……なんといっても子供のときからの仲よしな……そんな間柄だったもので、主人も心配して……」

「それならなにも、大旦那へ内密で、金をひきださずとも……」

「いいえ、親分。そこに養子の身のつらさ、自分の勝手に十五両もの金をつかうわけにゃあまいりませんよ」

おつるは、にこやかに平吉を見やり、

「ねえ、あなた……」

といった。

「う、うむ……」

あぶら汗にぬれつつ、平吉はうなずき、胸の中で、おつるへ手を合せていた。

あの夜……栄次郎が吉原へ行き、揚屋町の〔福本楼〕へあがろうとして駕籠をおりたとき、

「きさま……」

大男の侍に見つけられ、いきなり襟がみをつかまれてどこかへ連れ去られたということが、その後の調べであきらかになった。

何人もの目撃者がいたからである。

しかし、その後のことは不明だった。

勤番侍らしいその男は、みるからにたくましく、二つ三つ顔をなぐられると栄次郎は鼻血を流して、ほとんど気をうしなっていたようだ、と、見たものは語ったそうだ。

その後のことは、死んだ栄次郎と大男の侍が知っていることだが……。

「きさま。おぼえておろう。このまま番所へ突きだしてもよいが、それでは、懐

中物をきさまに掏《す》りとられたわしの恥になる。武士としてきさまのような小泥棒に恥をかかされるとはな……」

暗い、雨の中の田圃の泥の上へ突き倒された栄次郎は、それでも必死に逃げようとかかった。

侍の顔を忘れてはいない。

足かけ二年前に、旅姿のこの侍の懐中から財布を掏《す》りとったことは、たしかだった。

藤沢の遊行《ゆぎょう》坂においてである。

掏りとったとたんに、手をつかまれた。

「放しゃあがれ」

蹴とばしておいて、栄次郎は、もうやみくもに逃げ、ついに逃げおおせたものである。

「おのれ、鼠賊《そ》め‼」

怒気を激して追っかけて来る侍の顔を、走りつつ二度三度と、ふり返って見るだけの余裕が、栄次郎にはあったものだ。

「わ、悪かった。助けて……」

助けておくんなさいといいかけたとき、侍が抜刀した。

その殺気におびえ、おびえながらも栄次郎は田圃の土を蹴って逃げた。

そこを後から斬られたのである。

この侍のことは、死んだ栄次郎だけが知っていることだった。

斬った侍のことは、ついにお上でもわからなかった。

六

この事件で、岩戸屋にも平吉にも、お上からの処罰はなにもなかった。

なかったのは当然としても、栄次郎がお手玉小僧とよばれた掏摸《すり》だということは、翌年の正月もすぎようとするころに岩戸屋へもきこえて、平吉をぞっとさせた。

春めいてきた或る日の午後、平吉は八丁堀まで用事があって、その帰り道に呉服橋門外・西河岸町の岩戸屋の親類へ寄った。

これは、養父のかわりに用事を足したのである。そこを出て、一石橋《いっこくばし》をわたり、北鞘《さや》町の通りを歩いていると、釘店《くぎだな》のあたりから出て来たお長と、平吉が、ばったり出会った。

「あら……」

「お長……」

まぶしそうに、お長は平吉を見あげて、

「ごめんなさいよ」

うつむきかげんに行きすぎようとした。

「あ……待っとくれ」

「え……？」

「栄ちゃんが、あんなことになっちまって……それで、ついつい、お前のところへも……」

「栄ちゃん、どうかしたんですか？」

「知らなかったのかい？」

「ええ……」

「吉原田圃で、斬られて死んだよ」

「いつ？」

「去年……師走の八日だ」

「まあ……」

きらりと、お長の双眸《め》が光った。

「実は……お前へとどける金を栄ちゃんに預けてあったんだが……」

と、いいさしてから、平吉が、

「あの……子供は……お腹の子は、どうなんだえ？」

このとき、お長が、はじけるような笑い声をたてた。

「そうですか。お前さんは、なにも知らなかったんですねえ」

「なにがどうしたのだ？」

「いいえ、こっちのことですよ」

お長は、さっと身をかえしながら、

「あたしは、子をうみますからね」

「お長……」

「うんでから、ごあいさつにあがりますよ」

「待ってくれ」

只事でない二人の様子に、少し人だかりがしていた。白昼のことである。人ごみをぬって去るお長を追いかけもならず、平吉は茫然《ぼうぜん》と立ちつくしたままだった。

お長はお長で、

（こうなったら百や二百ですませるこっちゃあないよ。うまく行けば、病気の弟も私も、一生楽隠居だし……それよりも、まとまった金をふんだくったら、なにか地道な商売でも始めて……そのうちに実直な男を見つけて亭主にして……）

そんなことを考えつつ、にやにやと、池ノ端の水茶屋を目ざして歩いていた。

（平ちゃんも昔のまんまだ。意久地のない男だったんだねえ。私も……そりゃあ私も、ちょいと昔を思い出し、のぼせあがったことはたしかなんだけど……）

二日たった。

夕飯をするため、平吉が店の帳場から居間へ入って来ると、

「あなた、この二、三日、どうかしたのじゃあありませんか？」

おつるが、箸をとりながら眉をよせてきいてきた。

「なんでもないよ」

「だって、食《しょく》もすすまないし、お父さんも平吉がなんだか変だって……」

「そ、そんなことはない」

「それならいいけど……」

鯛のやきものを、うまそうに食べながら、

「ねえ……」

と、おつるが流し目に平吉を見て、

「わかる？」

「なにが？」

「あたしのお腹？……」

「え？」

「うまれそうなのよ」

「え？」

「今度は、女の子が、ほしいわねえ」

こういって、おつるは、となりの部屋で、もう眠っている吉太郎を指し、

「あの子も妹ができたら、きっとよろこぶわ」

と、いった。

「そうか……お前も、うまれるのか?」

「え?」

「いや、なんでもない」

平吉があわてて箸をとったとき、もう暗くなった中庭から飼猫のごろが、のっそりと入って来た。

「あら、また……」

おつるが叫んだ。

「え……?」

ごろを見やって、平吉は死人のような顔つきになった。

膳の上のものをねだろうとして、甘え声を出して近寄って来るごろの鼻すじには、くっきりと白粉の線が浮きあがっていた。

# 顔

# 一

うなぎの蒲焼《かばやき》という食物を創作したのは、むろん日本人であり、発生の地は江戸だという。

天明《てんめい》のころというと、現代《いま》から約百七十余年も前のことだが、うなぎの蒲焼は、そのころに上野山下、仏店《ほとけだな》の大和屋というのが始めて売り出したという。

だが、江戸末期の〔買物案内〕などにのっている大和屋の広告を見ると、〔江戸元祖・かばやき所――元禄年中より連綿《れんめん》〕とある。

元禄といえば、天明より約百年も前のことであるし、その発生については……などと、うなぎの講釈《こうしやく》をやっていたのでは、この物語の幕もなかなかに開《あ》くまいから、この辺でやめる。

さて――。

一説には、うなぎの蒲焼創始のころといわれる天明六年六月末の夕暮れどきに、上野山下からも程近い坂本三丁目の〔鮒屋《ふなや》〕半蔵《はんぞう》方で、無銭飲食をした客があった。

鮒屋は、うなぎの蒲焼を出すほかに、川魚の小料理もやるし、日光、奥州両街道への道すじにもあたる場所にあって、小さな店だが繁盛《はんじょう》をきわめている。

「ふなやは酒もいいし、出す料理《もの》もうまい」

という評判で、吉原の廓《くるわ》へくりこむ客の中にも、ひいきが多い。

主《あるじ》の半蔵は四十がらみの大男だが、愛嬌《あいきょう》もあるし、はたらきもので、一日中うなぎや川魚を相手に倦《う》むことを知らない。

そのとき、半蔵は奥の部屋で、ひとり夕飯を食べていた。

「大串を二人前も平げた上に、酒を五合も飲みやがって……銭がねえもねえもんだ」

小女と共に奥へやって来た板前の栄次郎《えいじろう》が、こう知らせてから、

「でもねえ旦那——ちょいとその、おっかねえ野郎なんで……」

「ふうん……」

半蔵は箸をおき、

「その食い逃げ野郎がかえ？」

「逃げやアしねえ、店にいますよ」

「ほほう……」

「感心していちゃいけねえ。どうします？　番所へ知らせましょうか」

「いいよ、おれが出てみる」

「気をつけて下さいよ。相手は狼みてえな目つきをしていますぜ」

「そうか」

「長い刀《の》をぶちこんでます」

「浪人かえ？」

「へえ……」

半蔵は、店へ出た。

うなぎの蒲焼が高級料理になったのは、もっと後のことで、この鮒屋の店も七坪の板張りへ竹の簀子《すのこ》を敷いた入れこみへ厚目の桜板を縦横にならべ、これが膳がわりになっている。

客も立てこんでいたが、騒ぎを知って一斉《いっせい》に部屋の片隅へ視線をあつめているところであった。

「もし……もし……」

と、半蔵は相手に声をかけた。

無銭飲食の浪人は板壁へ顔をこすりつけるようにし、背をこちらへ向けたまま、長々《ながなが》と寝ころんでいるのである。

身につけているものも、この暑いのにむさくるしい袷《あわせ》の着流しで、それはもう汗と埃《ほこり》にまみれぬいていた。

(いつ、入って来たのか……?)

半蔵は板場ではたらいていたので少しも気づかなかった。

「もし……ちょいと外へ出てくれませんかね」

浪人の肩を半蔵はゆさぶった。多勢の客の前で、無銭飲食をゆるすつもりはないが、外へ連れ出してから、

「いいから、お帰んなさい」

と、逃がしてやるつもりであった。

空腹《すきばら》へ、したたか酒を流しこんだため、その浪人者は荒い呼吸で肩を波うたせ

ながら、

「ないぞ」

と、わめいた。

「ともかく外へ出てくれないかね」

「出ろというのなら、出る」

ふらりと立った浪人の顔を見やりもせず、半蔵は他の客へ、

「御迷惑をおかけしまして……口直しに私から——」

と、板場へ酒を命じた。

馴染みの客たちは歓声《かんせい》をあげた。

一時が万事、この店の主人のとりなしはこうしたもので、それだからこそ一度来た客は必ずまた足を運ぶのだ。

「後をたのむよ」

半蔵は、板場の栄次郎へ声を投げておいて、

「さあ、さあ——」

浪人の肩を突くようにして外へ出た。

表通りから角を曲った細路まで、半蔵は浪人の躰《からだ》を押すようにして行った。

「もういい。お帰りなさい」

そこで、半蔵がもう一度、肩を押すと、

「何をするかッ‼」

浪人が猛然と振り向き、おどろいたことに、いきなり抜き打ってきた。

半蔵は危うくかわしておいて、浪人の腕を抱えこんだ。半蔵も必死である。

「うぬ……う、う……」

苦痛にゆがんだ顔をのけぞらせた浪人に、

「ば、ばかな……」

馬鹿なことをするものじゃアない、といいかけ、ほの暗い夕暮れの光の中で、
半蔵は、はじめて浪人の顔をとっくりと見た。

その瞬間に、半蔵の顔から血の気がひいた。

浪人は血走った眼で、半蔵をにらみつけていた。

ものもいわず、半蔵はその浪人を突き放し、店へ駆け戻って来た。

怪訝《けげん》そうに集中する客や、小女や、栄次郎の視線を逃れるように、半蔵は奥の

部屋へ走りこんだ。

「まあ……どうしたんですよ、そんな青い顔して……」

裏口から帰って来ていた女房のおしんが、只ならぬ半蔵を見て立ちあがった。

五歳になる息子の玉吉《たまきち》も、おびえたように父親の顔を見つめていた。おしんと玉吉は銭湯《ゆ》から戻って来たのである。

「いや、何でもない……何でもないよ」

そこへすわりこみ、半蔵はおしんに酒を命じ、酒がきて、これを一息にのみほしてから、板前をよんだ。

「いまの浪人、そこらに居やしねえか？」

「え……？」

「見て来てくれ」

栄次郎が戻って来て、どこにもいないと答えると、半蔵は、ふといためいきを吐き、

「よし。わかった」

急に声もあかるくなり、

「今日は早仕舞いにしよう」

と、いった。

その翌日の昼下りに、また、あの浪人者が店へあらわれた。

のっそりと上り込み、

「うなぎを出せ、それから酒だ」

とわめく浪人の声をきいたとき、

(また……)

板場で、うなぎをさいていた半蔵は、

(やっぱり、おぼえていたんだ……)

境の格子口から顔を出し、

「また、来なすったね」

思わず、半蔵もにらみつけるように浪人者を見すえたものだ。

浪人は、にやりと笑った。

荒《すさ》みきった暮しがそうさせているのだろうが、浪人は四十がらみの年齢に見える。だが、八年前に、この男を見た半蔵の記憶からすれば、まだ四十には間のある年齢に違いなかった。

さぐるように、半蔵は浪人の顔のうごき目のうごきを見守りつつ、

「今日は、銭をもって来なすったか？」

と、きいた。

「ない」

たたきつけるようにいって、浪人は、また笑った。

半蔵には、そのうす笑いが底の知れない不気味なものに見えた。

「酒を……」

首をひっこめ、半蔵は小女にいいつけた。

「酒を出してさしあげろ」

そして、不満そうに何かいいかける板前の栄次郎を、

「まあ、いいから——」と制した。

二

（おかしなやつだ、まったく……）

的場小金吾《まとばこきんご》は、根岸の御行《おぎょう》の松の前にある丹光寺という寺の境内へ入り込み、そこの墓地の中へ莚《むしろ》をひろげ、寝そべりながら、

(あのうなぎ屋の亭主は、今日も、おれにたらふく飲まれ食われて、そのまま、おとなしく帰してよこした。妙な奴だな……)

むし暑い夜ふけである。

藪蚊《やぶか》もひどいし、とても寝ていられたものではないのだが、頭も躰もしびれるほどに酒をのんできた小金吾は、

(ああ……このまま、あの世へ行けたらなあ……)

わけもなく眠りこけて行きながら、そう思った。

蚊に食われることなどは何でもない。

この三年ほどは、冬も夏も、まんぞくに畳の上へ寝たことすらない小金吾なのである。

江戸に生まれた小金吾なのだが、刀は差していても乞食同様の流浪の旅をつづけにつづけて、江戸へ戻ったのは、この八年間に三度ほどしかない。

差している刀も、すっかり錆《さび》ついてしまっているし、昨夜はこれを引きぬい

て、うなぎ屋の亭主へ斬ってかかったものだが、もともと小金吾は人を斬るだけの腕があるわけではない。

それでいて狂暴なまねが出来るというのも、

(いつ死んでもいい)

からなのだ。

今年で三十一歳になる小金吾なのだが、人生行手には何も見えない。

江戸に身寄りの者がいないわけではないが、小金吾にとっては他人同然といってよかった。

このあたりで、小金吾の過去についてのべておかねばなるまい。

小金吾は——麻布永坂に屋敷がある二千石の旗本・戸田方之助《とだかたのすけ》の用人で的場金《まとばきん》十郎《じゅうろう》というものの子に生まれた。

一人息子だけに、両親は小金吾を、まるでなめまわすようにして育てあげたものである。

的場の家は、代々、戸田家の用人をつとめており、小金吾も当然、父の後を継ぐべき身であった。

安永八年というと、小金吾が二十四歳になり、四十八歳の父・金十郎が急死をした年である。

金十郎は別に病身というわけでもなかったのだが、その朝の食事の折、味噌汁の椀を左手に取りあげたとたんに、うなり声を発して昏倒《こんとう》した。

駆けつけた医者は、

「心の臓でござるな」

といったが、そのときすでに、金十郎の息は絶えていた。

小金吾は、すぐさま、父の後をつぐことになった。

旗本の用人は、大名でいえば家老というべき役目である。

主人の戸田方之助は寄合《よりあい》の中でも、幅のきいた旗本だし、家柄も三河以来の名家だ。

二千石の旗本ともなれば、用人、抱人、中小姓、若党などをふくめ、十四人の家来を抱えているし、これに召使いやら台所の下女までふくめると二十をこえる大世帯になる。

用人となった的場小金吾は、二十四の若さで、これだけの家の切り盛りに責任をもたねばならぬ。

父が生前、そのため小金吾へ「用人教育」をほどこしてくれもし、小金吾も父の代りに諸方へ出向いての外交的な役目も幾度か果したこともあり、

「心してつとめよ。なれど小金吾ならば、わしも安心じゃ」

と、主人もいってくれた。

しかし、大方のことはのみこめたつもりでいても、若い小金吾には、かなり骨の折れた役目であったといえよう。

母のまきが、

「こうなれば、一日も早う嫁を迎えて……」

などといっているうち、その年の春になると、これもまた、ぽっくりと死んでしまった。

今でいう肺炎である。風邪をこじらせたのが命とりになったのだ。

父の死にはあまり泣かなかった小金吾も、この母の昇天には声をあげ、子供のように泣きじゃくったという。

「むりもない。あれほど慈愛をそそぎ育てあげられた母御ゆえなあ……」

屋敷内の人々も、親類のものも、通夜の日の小金吾の悲嘆ぶりを見て口々にいい合った。

まあ、それはそれでよい。

とにかく、的場小金吾も一人前の用人としてつとめられるようになったのだ。

「嫁をさがしてやらねば——」

と、親類どもも急ぎはじめた。

だが、このときすでに、小金吾は恋人を得ていた。

名を、おゆきという。

おゆきは、芝口二丁目の菓子商〔海老屋六兵衛〕の三女で、去年の暮れごろから戸田家の召使いとして奉公に上っていた。

海老屋も名の知れた菓子所《どころ》だが、そのころの商家の娘が武家奉公に上るのは、現代の子女が高等教育をうけるのと同じことであって、武家奉公をつとめあげた娘には箔《はく》がつくのである。

おゆきは、小金吾より六つ下の十八歳であった。

「可愛らしげな、まことに心ばえのよいむすめじゃ」

と、奥方にも気に入られているし、蘭《らん》の花を見るような美女で、清らかな中にも底に秘められた濃厚な情熱が小金吾には感じられた。

ことに、用人となってからの小金吾は、毎日のように奥へ入り、殿さまや奥方にも顔を合せるし、従って、おゆきの顔を見、口をきき合う機会も多くなった。

母を失ってからの小金吾が、急激に、おゆきに魅せられて行ったのも無理はないところで、彼もまた父親ゆずりの端正な美貌であったから、おゆきもまた……と、いうことになった。

用人が召使いと夫婦になることは、別に差しつかえはない。

「そのうちに折を見て、殿様にも申しあげ、夫婦になろう」

と、小金吾は、おゆきに誓った。

二人の間は潔白《けっぱく》であった。

ところが、その年の初夏に異変が起った。

戸田家の別邸が、目黒にある。

殿さまの方之助は、この別邸へ静養に来て、そのとき身のまわりの世話をするため本邸からつきそって来た召使いの中にいたおゆきを犯《おか》した。

必死に逃《のが》れようとするおゆきの脾腹《ひばら》に当身をくらわせ、失神している女を思うさまになぶったのである。

本邸へ戻って来て、おゆきはこのことを小金吾にうちあけた。

小金吾にさえゆるさなかった純潔を非業にむしりとられたのだ。

「殺して下されませ」

懐剣をぬき、小金吾の手にそえて泣き叫ぶおゆきに、

「こうなれば……」

小金吾は決意をした。

殿さまの居室へ押しかけて行き刺し殺してやりたいのは山々だが、小金吾には、とてもそれだけの勇気はない。

つまるところ、戸田家の金・四十七両を拐帯《かいたい》し、小金吾は、おゆきを連れて脱走したのである。

旗本の用人といえば、もちろん公儀にも届け出てあるし、公務の上で主人に落度でもあるときは、共に切腹の覚悟がなくてはならないほどだ。

その重職にあるものが主家の金を拐帯した上に、召使いを連れて逃亡したとい

うことになれば、とりも直さず不義密通のレッテルをおされることになる。

けれども、小金吾が殿さまにする抵抗といえば、それ位が精一杯のところだったといえよう。

二人は逃げた。

逃げて逃げて、中仙道を信州・小諸《こもろ》まで来て、

「もう大丈夫だ」

小金吾も、ほっと息をついた。

四十七両という金は、なみなみのものではない。そのころの庶民の暮しが、切りつめれば五年以上も保《も》つだけの金である。

「両刀を捨ててもよい。人目につかぬどこかで、ひっそりと二人で暮そう」

と、小金吾がいえば、

「嬉しい。明日に命がなくなってもかまいませぬ」

おゆきも、小金吾の胸に抱かれ、うわごとのように「嬉しい」とか「いつ死んでも……」とか、いいつづけた。

小諸の巴屋《ともえや》という旅籠《はたご》の一室で、二人は若い情熱をぶつけ合い、何度も愛撫

し合った。

その夜更けである。

疲れ果てている的場小金吾であったが、

(や……?)

異様な気配に目がさめると、どこから入って来たのか怪しい大男が、小金吾の夜具の下から胴巻をつかみ出している。

「曲者‼」

叫んで飛びおき、夢中で、小金吾は泥棒につかみかかった。後のことはよくおぼえていない。

うすぐらい行燈《あんどん》の灯に大男の、ぎらぎら光る眼とふとい鼻が見えただけで、すぐに、小金吾は気を失った。

大男が手にした棍棒で小金吾の脳天《のうてん》を撲りつけたからである。

気がつくと、朝であった。

四十両余を盗んで逃げた曲者は、ついに捕《つか》まらなかった。

無一文になった小金吾とおゆきだが、うっかり身分をあかすわけには行かない。

隙を見て、また逃げた。

それからの、二人の生活をくだくだとのべるまでもあるまい。

一年後に、おゆきは死んだ。

苦しい旅の連続が、か細い彼女の一切を奪ってしまったのだ。

おゆきが死んだのは、奥州《おうしゅう》・水沢宿の近くにある須江という寒村の古びた地蔵堂の中に於てであった。

それからの的場小金吾の荒《すさ》み切った流浪の人生については、もはや語るまでもあるまい。

小金吾は、小さな悪業を重ねつづけ、ダニのように生きて来たのである。うなぎと酒の食い逃げをすることなどには、もう不感症になっていた。それでいて、自殺をとげるだけの勇気も、小金吾にはなかった。

いままで、一度も牢《ろう》にぶちこまれなかったのが不思議なほどであった。

三

八年前に小諸の旅籠で、的場小金吾の金を強奪《ごうだつ》したのは〔鮒屋〕の主人・半蔵である。

もっとも、そのころの半蔵は、うなぎ屋の主人なぞではなかった。

「若いころのおれなぞというものは、とてもとても、お前に話してきかせられるようなものじゃアねえ」

半蔵は、女房のおしんにも、その程度しか過去を語らない。

半蔵は捨子であった。

拾ってくれたのは、浅草十三間町の裏長屋に住む叩き大工であったが、半蔵が八歳になると、

「もう一人前だ。これからはひとりでやって行きねえ」

さっさと、丁稚《でっち》奉公に出してしまった。

五人も子持の貧乏な職人が、道ばたに捨てられていた半蔵を、それでも八歳まで育ててくれたのである。感謝しなくてはならないのだが、それは無理というも

のである。

半蔵は、はじめから捨子として育てられた。

大工の子供たちとは、たとえ干魚の一片をあたえられるにつけても、

「お前はうちの子じゃアないんだからね。ほんとうにうちのひとも、すいきょうなまねをしたもんだ」

大工の女房は、きっぱりと区別をした。

四つのときに捨てられた半蔵は、両親の顔もおぼえていない。

母親だと思える女と、夜ふけの町をうろうろ歩きまわり、泣き叫んでいた幼い自分の姿だけが、ぼんやりと思い出せるのみであった。

世の中へ出てからの半蔵は、こうした幼年期を背景にして成長をした。

体も大きい上に狂暴な性格になり、どこへ奉公に出てもつづかなかった。

十八のときに、渡り仲間《ちゅうげん》になった。

口入れ屋を通して、大名や旗本の屋敷の仲間部屋を渡り歩くのである。

酒も博打《ばくち》も女の味も、半蔵は、またたく間におぼえこんだ。

三十六になるまで、半蔵は渡り仲間で暮した。

荒っぽい仲間部屋の歳月は、彼の躰にも数カ所の刃物による傷痕をつけていたし、仲間内では評判の暴れ者で通っていたのだ。

安永七年十二月七日の夜――。

そのころ半蔵は、麴町《こうじまち》の南部丹波守屋敷の仲間部屋にいたのだが……。

南部家の家来で石坂平七郎《いしざかへいしちろう》というものと屋敷内で喧嘩になり、半蔵は、その場で石坂平七郎を刺殺してしまった。

石坂の帯している脇差を、すばやく奪いとって刺したのである。

すぐに、逃げた。

悪行のかぎりをつくしてきたとはいえ、人を殺したのは、はじめてであった。

江戸を飛び出した。

翌年の夏に、信州へ入ったときの半蔵は、みすぼらしい旅姿で、それでも追剝《おいはぎ》や博打で得た金の残りが心細げにふところにあった。

小諸の旅籠〔巴屋〕の二階座敷で、半蔵が泊った部屋は、的場小金吾とおゆきのいた部屋のとなりであった。

襖《ふすま》一つへだてたこちら側の部屋で、半蔵は息をころし、隣室の二人の会話をきいた。

「まだ四十両はあることだし、どうにかなろうよ」

という小金吾の声が耳に入ったのである。

むろん二人が、飽《あ》くことなく語り合う不幸な身の上もきいた。

(可愛想に……)

思いはしたが、

(四十両は捨てておけねえ)

半蔵は、宿の土間から棍棒を見つけ出して来て、二人が眠りこむのを待ち、忍びこんだ。

金の入った胴巻を引きずり出したとき、しがみついた若い侍が、かっと両眼を見ひらき、凄《すさ》まじい形相《ぎょうそう》で自分をにらみつけた。その顔を半蔵は、はっきりとおぼえている。

それにもまして、

「そのお金は、私たちの命でございます。どうか、お助けを……」

若い侍を撲りつけたあとで、白い眼をつりあげ、半蔵の足へしがみつきながら哀願《あいがん》をした女の声が、八年後のいまも半蔵の耳に残っている。

そのときの侍が、見るからに凶暴《きょうぼう》な、かつての自分を見るような姿で店にいるのを見たときは、

（ここで騒がれては、客の迷惑になる）

と思っただけで、とにかく外へ連れ出したのである。

場合によっては、いくらか包んでやってもいいとさえ思っていたのだ。

ところが、切りつけて来た相手の腕を夢中でつかみ、その顔をはっきりと見たとき、

（とうとう来やがった）

あわてて、相手を突放し、家へ逃げ帰った半蔵だが、

（おぼえていねえようだな、おれの顔を……）

相手は八年前の恨《うら》みを叫んだりはしなかったではないか。

ほっとすると同時に、

（あの四十両が、おれと、あの侍の運命《さだめ》をきめてしまったんだ）

すまないと思った。あの若々しい二人にとって、半蔵が盗みとった四十両は、

まさに〔命〕であったに違いなかった。

いまの半蔵は、むかしの半蔵ではない。

十七も年下の女房と五つの可愛い男の子を両手に抱え、みちたりた家庭の幸福を六年間も味わいつづけてきている。

それだけに、あの夜の翌日、ふたたび、的場小金吾が店へあらわれたのを見て、慄然《りつぜん》とした。

小金吾のうすら笑いは、半蔵の不安を強烈なものにした。

（笑っていやァがる……やっぱり、知っているんだ。それに違えねえ）

酒の用意が出来ると、半蔵は自分でそれを持ち、小金吾の前へ出て行った。

外は目もくらむような炎天であった。

小金吾は蠅を払いのけながら、

「うなぎもたのむぜ」

と、いった。

酒をおいて、半蔵は思いきってきいた。

「御浪人さん。いったい、いくら欲《ほ》しいんだね」

小金吾が、ぎょろりと半蔵を見返したが、声はなかった。半蔵は、いらいらと、

「いってみてくれ。話に、のろうじゃないか」

「ふうん……」

「そっちから切り出してくれないかね」

「ふうん……」

半蔵は焦《あせ》って来た。

(こいつ、金で承知をしてくれるか、どうか……)

むろん四十両などという大金がある筈はない。

だが、返せというなら身を粉にしても返そう。それで何も彼も忘れてくれるなら……。

「いってみてくれ。いって下さいよ」

半蔵の声がふるえてきた。

小金吾は、また声もなく笑った。前歯が二本欠けている。

ごろりと寝そべり、酒を茶わんに入れながら、小金吾がいった。

「百両――」

四

ふしぎなことである。

的場小金吾には、うなぎ屋の亭主の気持が、わからなかった。

（おれのことが、そんなに怖《こわ》いのかな……それにしても、おかしい）

まさか百両などという大金をよこしたわけではないが、

「とりあえず、これを……」

亭主が、じいっとこっちの顔色をうかがうようにしながら、紙に包んで出した金を、

「そうか」

あっさりとうけとり、外へ出てからひらいて見ると、一両小判一枚のほかに細かいのを合せて三両二分ほど入っていた。

たとえ三両でも、いまの小金吾にとっては大金である。

先ず、古着屋で麻の夏着を買った。しゃれこむつもりではない。垢《あか》くさい袷《あわせ》が

いかにも暑苦しかったのだ。

それから小金吾は、深川の岡場所へくりこんだ。

富岡八幡宮裏手の、堀川に面した一帯に立ちならぶ娼家の一つへ上りこみ、その夜の小金吾は、酒と、肌は白いがぶよぶよに肥った女の躰へ溺《おぼ》れこんだものである。

三日のうちに、三両二分をつかい果してしまうと、

(また行ってみるかな……)

小金吾は、ぶらりと坂本へ足を向けた。

食い逃げをゆるしたばかりではなく、向うから「いくらほしい?」とききき、三両もの金を見ず知らずの男にあたえる亭主の気持が、どうにも小金吾には呑みこめない。

つまり小金吾、小諸での半蔵の顔をまったく見おぼえていなかったということになる。

(強く出て、おれに仕返しでもされると怖いのか……それにしても、あの大きな図体《ずうたい》をしていやがって、気の小せえ男だな)

江戸の町は無警察ではない。

坂本界隈《かいわい》にも番所はあるし、お上《かみ》の息のかかった者もいる筈なのである。

(なあに、捕まったらそのときだ)

〔鮒屋〕の、のれんをくぐった小金吾は、さすがに蒼白となって飛び出して来た半蔵へ、

「うなぎと、酒だ」

と命じ、ぬたりと笑って、

「それから、小づかいもな」

半蔵は答えなかった。

だが、帰るときの小金吾のふところには、かなりの重味を感じさせる紙包みが入っていたのだ。

やがて、秋が来た。

そして、いつの間にか冬になった。

「もう……もう、がまんが出来ません」

と、たまりかねた女房のおしんが、半蔵にいった。

「このままじゃア、こっちが潰《つぶ》されてしまいますよ、お前さん——この半年の間に、あの浪人さんへあげたお金は二十両にもなるんです」

「だから、いってあるじゃねえか……あのお人は、おれの恩人の息子さんなんだと……」

「それだけですか、たったそれだけしか、女房の私には打ちあけてくれないんですか」

めっきりと痩《や》せこけた顔をうつむけ、半蔵は、いつものように沈黙の堅い殻《から》の中へとじこもってしまった。

半蔵にしてみれば、もう疑うべき何ものもなかった。

あの浪人は、あのときのおれの悪事を楯《たて》にとり、どこまでも、おれをしぼりつくそうとしている……それでいて、

「もう、かんべんしておくんなさい」

と、両手をつき、あからさまに、あのときのことを口にのぼせ、浪人にあやまることが出来ない半蔵なのである。

口にするのは、尚、おそろしかった。

口にしたら最後、相手は最後の手段に出る。どんな復讐《こと》をするつもりか知らないが、半蔵は一度に破滅《はめつ》の淵《ふち》へ落ちこんでしまうことだろう。

（何とか……このままで時をかせぎ、そのうち、あのお人が、おれを可愛想だと思ってくれさえしたら……）

むかしの半蔵なら、浪人の一人や二人は何でもないが、いまは可愛い子と女房を抱えている。

四十をこえた躰にも昔ほどの力はないし、騒ぎでもおこして、これがお上にでも知れたら、女房も知らぬ半蔵の旧悪はすべて白日《はくじつ》の下にさらされることになるのだ。

暗い明け暮れの連続であった。

亭主の陰鬱《いんうつ》な様子は、たちまち、店の景気にも反映した。

客も前ほどには来なくなったし、板前の栄次郎も、つい一月ほど前に、ぷいと飛び出したまま、戻っては来なかった。

「わからねえな。旦那があんな野郎に大金をめぐんでやるなんて――いったい、どうしたわけなんです？」

と、栄次郎が問えば、

「むかし、世話になった人の……だから、このことは決して他へもらしてはいけねえ」

そう答えるのみであるから、

「ばかばかしくって話にもならねえ。あの野郎が店へ入ってくるとへどが出そうになる」

若い栄次郎も面白くなくなり、

「このごろじゃア、旦那のしょぼしょぼした顔を毎日見ているだけでも、気が滅《め》入《い》りますよ」

などと、あけすけにいったこともある。

女房のおしんも、来るたびに、一両、二両という金をせびりとって行く不思議な浪人にわけもなく屈服している亭主を見ていると、

「これから、いったいどうなるんですよ」

おとなしい女房が見違えるように、とげとげしくなった。当然のことだ。女には家があり、男があり、子がなくてはならない。

「いざとなったら、また出直そうよ……そうだ、江戸を出てもいい」

などと、虚脱《きょだつ》したようにつぶやく半蔵の言葉だけでは納得《なっとく》が行くものではなかった。

半蔵が、おしんに出合ったのは、あのとき小諸の夜を逃げ、一散に和田峠を越えて諏訪《すわ》に出て、下諏訪の旅籠〔丸屋〕へ草鞋《わらじ》をぬいだときであった。

おしんは、丸屋の女中をしていた。

半蔵は、次の日も丸屋からうごかなかった。

おしんの人柄が、母も知らず、女の情も知らぬ半蔵の荒《すさ》みきった胸の中へいっぱいに、あたたかいものを流しこんでくれたのである。おしんもまた、早くから両親を失っていたのだ。

二日が五日になり、半蔵は半月も丸屋へ滞在した。

さいわいに湯《ゆ》泉の宿であった。

「どうも、私の病気に効《き》くようだから……」

といい、半蔵は胴巻も宿へ預けたものである。

このときから、半蔵の人生が変った。

何といっても、好きな女が出来た上に四十両という金があるのだ。

半蔵は、江戸の浅草で料理屋をやっているといい、丸屋の亭主・万右衛門へもちかけ、おしんを江戸へ連れて行くことに成功した。

(もう二年も江戸を留守にしているんだ。帰っても、むかしのおれは消えているさ)

江戸へついてから、おしんにいった。

「実はな、おれも永い間、旅ではたらきつづけて来て、江戸に店なぞありゃアしないのだよ。だが、店を出すために帰って来たのだ。そのための四十両さ。この金をためるのに十年もかかった……」

おしんは、いささかも疑うことを知らない女であった。

## 五

天明七年の正月がきた。鮒屋は、火の消えたようになった。小女も一人きりになっている。

半蔵は、ひとりきりで魚をこしらえ、うなぎをさいた。

客もめっきりと減り、

「この頃の鮒屋のさびれ方はどうしたものだ」

「店の中が陰気になってしまい、酒をのむ気分にもならねえ」

などという評判がたちはじめている。

半蔵とおしんの夫婦喧嘩も絶えない。

六つになった玉吉までが、すっかりおびえ切ってしまい両親《ふたおや》の顔色ばかり、うかがうようになった。

二月七日の夕暮れであった。このところ、しばらく姿を見せなかった的場小金吾が、

「寒いねえ」

にやにやしながら、久しぶりで鮒屋へあらわれた。

朝から雪もよいの空で、冷えこみが激しい。

そのとき、店にいた客は職人風の中年男が一人きりで、どじょう鍋をつつきながら酒をのんでいた。

「うまそうだな」

と小金吾が、その客のどじょう鍋を見て、

「おれにも、どじょうをくれ——いうまでもねえが酒は熱くしてな」

「へえ……」

小女が去ると、板場の戸口から半蔵が、ちらりと顔を見せた。

憔悴《しょうすい》し切っているその顔を横目で見やり、

（まったく、どうかしていやがる……この店は、おれが食いつぶしたようなものなのにな……それでもまだ、手を出そうともしねえ。よほど気の小せえ奴なんだ。だが……）

考えれば考えるほど妙なことなのだ。

それにもう小金吾は、

（おれはもう、ものを考えることなぞしたくはねえのだ）

なのである。どんなかたちでやって来るのか知れたものではないが、むしろ静かに、小金吾は破滅を待っていたのだ。

（なぜ早く、おれを突き出さねえ。おれはここへ来るたびに、お上の手がまわるのを今度か、この次かと思いながら、やって来ているのになあ……）

どうでもいい、と考え直し、その日も、小金吾は、したたかに酒をくらい、夜になってから腰をあげた。

「おい……」

戸口で、板場へよびかけると、

「これで、がまんをしておくんなさい」

半蔵が、震える手で紙に包んだものを出した。

「そうかい、もらっておくぜ」

などと答えていたのは、はじめのうちだけで、この頃の小金吾はものもいわずに掴みとって、ふところへねじこんでしまうのであった。

「あばよ」

外へ出ると、ちらちらと降り出していた。

紙の中には一分《いちぶ》銀が二つ入っていた。

（ふん）

鼻でせせら笑ったが、小金吾の顔は変に硬張《こわば》っていたようだ。

（今夜は、どこを寝ぐらにするか……）

道を右へ切れこむと、突当りが要伝寺という寺で、その向うに田圃《たんぼ》がひろがっている。

(このまま凍《こご》え死んでしまいてえなあ……)

ふらふらと雪の中を歩いて行く小金吾のうしろから、

「お待ち下さいまし」

声が、かかった。

「だれだね」

「ふなやの女房でございますよ」

「ほう……」

要伝寺の門前であった。

おしんは半蔵にもいわず、そっと裏口からぬけ出し、小金吾を追って来たものらしい。

「いいかげんにしてくれませんか」

おしんが、つかつかと進みより、小金吾の目の前へ恐れ気もなく立ち、

「いったい、どういうつもりなんでございます。どういうつもりで、私たちをい

じめるんでございます。いって下さい。いつまで、私たちをこんな目にあわせるつもりなんです」

噛みつくような、すさまじい女の声をきいて、小金吾は、がくりと肩を落した。

「そうか……お前さん、あの亭主の女房なのか」

「もう、がまん出来ません。今まで、うちのひとにとめられていました。でも、この上、ひどい目にあったら私たちも……いいえ、たった一人の子供までも、みんな泥沼の中へ落ちこまなきゃならないんです」

「客も、めっきり減ったようだな」

「御立派に刀をさしていらっしゃるお人が、どうして、こんなまねをなさるんです」

「ふん……」

小金吾は自嘲《じちょう》して、

「いいともよ」

うなずいたものである。

「な、何がいいんです……」

「おかみさん、もう、おれは顔を見せねえ」

「え……？」

「安心しろと、亭主につたえておけ」

「ほ、ほんとでございますか」

「おれも、女だけにはかなわねえ。お前さんに、こう出られちゃア、手も足も出なくなったよ。おれは、そういう男なんだものなあ」

「あ、ありがとうございます、あ、ありが……」

おしんがそこへ坐りこみ両手を合せて小金吾をおがむかたちになった。

「こ、この通りでございます、この……」

「よしねえ」

小金吾は遠去かりつつ、

「帰ったら亭主につたえておいてくれ、いろいろすまなかったとな……何だか、わけがわからねえのに、永い間、すっかり、めんどうをかけちまった。ほんとにわけがわからねえのだよ、お前さんの御亭主の親切というものがさ」

小金吾は身を返し、走るように、また坂本の通りまで戻って来た。

〔鮒屋〕の戸口の提灯が、ぽつんと見える。

(ああいう女に出られちゃアおしめえさ)

小金吾にとってはふところの二分が最後になったわけだ。

(まあいい。山下の娼婦《けころ》でも買うか……)

車坂へ出た。

右手は堀川で、その向うに寛永寺の塔頭《たっちゅう》が軒をつらねている。

そこまで来て、小金吾は息が切れて来た。

(のみすぎたかな……)

雪がふる暗い道端にしゃがみこみ、小金吾は汚物を吐《は》いた。

しばらくそのままにしていると、すぐ前の御徒《おかち》組屋敷の塀を曲ってきた二人の男が、

「今一度きくが、たしかなのだな、その鮒屋という店の亭主が半蔵めだというのは……」

「まちがいございませんよ。前には仲間部屋で一つ釜の飯を食っていたのでござ

いますから――」

かがみこんでいる小金吾に気づかず、組屋敷の塀の角のところへ、二人は立ちどまった。

一人は、立派な風采《ふうさい》の侍である。一人は、仲間風の中年男であった。

小金吾は息をころして二人をうかがった。鮒屋ときいたからである。

「ともかく、わしは半蔵の面《つら》を知らぬ。半蔵に弟の平七郎を殺され、その仇を討つというても相手は毛虫のような奴だ。その上、弟の仇討ゆえ表向きにも出来ぬ」

「ごもっともで――」

「たしかに見まちがえはないな」

「ございませんとも――今朝方、三ノ輪の御下屋敷へ御用があり、その帰り道、坂本へ通りかかると……半蔵のやつ、表へ出て、どじょうをこしらえておりました。はっきりと何度もたしかめたことなので――」

頭巾《ずきん》をかぶった侍は、財布を出し、金を包んで仲間にやった。

「行けい。あとはわし一人でやる。弟の恨みをはらしてやる」

「首尾《しゆび》ようなされませ」

「だが、このことは他にもらすなよ」

「へへ……こう見《め》えても口はかてえ男でございますよ」

「表向きになっては何かとめんどうゆえな」

「わかっておりますとも――」

「帰れ」

侍が歩き出したとき、的場小金吾は身を起し、ふらふらと近づいて行った。

「何者か？」

と、頭巾の中の眼が小金吾を見とがめた。

「わけは知らねえが……」

小金吾は侍の前へ立ちはだかり、

「鮒屋の亭主の首をとるのだってね」

「何――」

「いまそこで、すっかり聞いたが……」

「おのれは……」

「わけのわからねえことばかりだが……」

と、小金吾が首をふったとき、まだそこにいた仲間が、

「何だ何だ、てめえは――」

威勢よく駆け寄り、小金吾の胸元をつかんだ。

「うるせえ」

叫ぶや、小金吾は身を引き、いきなり仲間を斬った。錆刀《さび》なのだが、おそろしいほどうまくきまって、

「わあ……」

脳天《のうてん》を割りつけられた仲間が、のめりこむように堀川の中へ落ちた。

「おのれ」

頭巾の侍が飛び退いて抜刀した。

(こいつ、おれの腕で斬れるかな……)

小金吾は刀をかまえつつ、

(これで死場所が出来たな、おれも……)

と思った。ちらりと、小金吾の脳裏《のうり》を、死んだおゆきのさびしげな顔がよぎっ

て行った。

(うまくやっつけたら、おい、鮒屋の亭主。お前さんに恩返しをしたことになるなあ……)

あとは夢中であった。

この十年の暗い人生の中で、このときほど的場小金吾が充実し切っていたときはない。

得体《えたい》も知れぬ闘志が全身にわきあがり、小金吾は、じりじりと相手に迫って行った。

小金吾の脳裏には、鮒屋の亭主の顔なぞ、もう浮んではいなかった。

(おれはなあ……お前さんの亭主のためにやるのだぜ)

胸のうちで鮒屋の女房へ呼びかけ、小金吾は低く身をかまえた。

相手も、もう物をいわない。

双方の間合いが、少しずつ縮《ちぢ》んで行った。

「野郎!!」

けだもののような声を発し、躰をぶつけるように小金吾が鋳刀を相手の腹へ突き通したとき、小金吾もまた頭から首すじへかけて火のような衝撃《しょうげき》をうけていた。

たまぎるような相手の絶叫をきいたように思ったが、すぐに、的場小金吾の意識も絶ち切られた。

初出誌

| | | |
|---|---|---|
| 熊五郎の顔 | 『推理ストーリー』 | 昭和37年2月号 |
| あばた又十郎 | 〃 | 昭和38年1月号 |
| 喧嘩あんま | 〃 | 昭和38年7月号 |
| おしろい猫 | 〃 | 昭和39年2月号 |
| 顔 | 〃 | 昭和39年10月号 |

本作は二〇一三年一〇月、小社より刊行された同名作品の新装版です。また、作中には、今日の観点からみると差別的表現ととられる跛、めくら、片輪ものという言葉が使われておりますが、作品自体には差別を助長し、肯定する意図はなく、作品自体の持つ文学性と芸術性、また著者がすでに故人であるという事情に鑑み、原文どおりとさせていただきました。何卒ご理解のほど、よろしくお願い申しあげます。

（編集部）

双葉文庫

い-22-06

熊田《くまだ》十兵衛《じゅうべえ》の仇討《あだう》ち〈新装版〉
人情編《にんじょうへん》

2025年2月15日　第1刷発行

【著者】
池波正太郎《いけなみしょうたろう》

【発行者】
箕浦克史
【発行所】
株式会社双葉社
〒162-8540 東京都新宿区東五軒町3番28号
［電話］03-5261-4818(営業部)　03-5261-4831(編集部)
www.futabasha.co.jp（双葉社の書籍・コミックが買えます）
【印刷所】
大日本印刷株式会社
【製本所】
大日本印刷株式会社
【カバー印刷】
株式会社久栄社

【フォーマット・デザイン】
日下潤一



ISBN978-4-575-67232-9 C0193
Printed in Japan